CLÁSSICOS JUVENIS TRÊS POR TRÊS

TRÊS ANIMAIS

O CHAMADO SELVAGEM
Jack London
BELEZA NEGRA
AUTOBIOGRAFIA DE UM CAVALO
Anna Sewell
HERÓI, O GATO
Marcia Kupstas

ILUSTRAÇÕES CÁSSIO LIMA

1ª edição
Conforme a nova ortografia

Coleção Três por Três

Gerente editorial
Rogério Gastaldo

Assistentes editoriais
Jacqueline F. de Barros / Valéria Franco Jacintho

Revisão de texto
Pedro Cunha Jr. e Lilian Semenichin (coords.) / Alexandra Costa / Cid Ferreira / Juliana Batista

Pesquisa iconográfica
Cristina Akisino (coord.) / Piero Cassa (estagiário)

Gerente de arte
Nair de Medeiros Barbosa

Assistente de produção
Grace Alves

Diagramação
Edsel Moreira Guimarães

Coordenação eletrônica
Silvia Regina E. Almeida

Colaboradores
Projeto gráfico
Estúdio Graal

Ilustrações
Cássio Lima

Coordenação
Marcia Kupstas

Suplemento de leitura e projeto de trabalho interdisciplinar
Isabel Cabral

Preparação de texto
Edilene Martins dos Santos

Impressão e acabamento
Bartira

Dados Internacionais de Catalogação na Publicação (CIP)

Kupstas, Marcia
    Três animais / ilustrações Cássio Lima. — São Paulo : Atual, 2009. —
(Coleção Três por Três : clássicos juvenis / coordenação Marcia Kupstas)

    Conteúdo: O chamado selvagem / Jack London — Beleza Negra :
autobiografia de um cavalo / Anna Sewell — Herói, o gato / Marcia Kupstas.

    ISBN 978-85-357-0776-2

    1. Literatura infantojuvenil I. London, Jack, 1876-1916. II. Sewell, Ana,
1820-1878. III. Kupstas, Marcia. IV. Lima, Cássio. V. Série.

                                            CDD-028-5

Índices para catálogo sistemático:
1. Literatura infantojuvenil 028.5
2. Literatura juvenil 028.5

9ª tiragem, 2018

Copyright © Marcia Kupstas, 2007.

SARAIVA Educação S.A.
Avenida das Nações Unidas, 7221 – Pinheiros
CEP 05425-902 – São Paulo – SP – Tel.: (0xx11) 4003-3061
www.editorasaraiva.com.br
atendimento@aticascipione.com.br
Todos os direitos reservados.

CL: 810402
CAE: 602653

SUMÁRIO

Prefácio

Três animais críticos   7

O CHAMADO SELVAGEM   9

Jack London   10
1. Retorno à vida selvagem   11
2. A lei do porrete e da dentada   14
3. O ataque dos cães-lobos   16
4. Buck na liderança   20
5. Dois donos e uma dona   23
6. Amor a um homem   28
7. O chamado da selva   31

BELEZA NEGRA — AUTOBIOGRAFIA DE UM CAVALO   35

Anna Sewell   36

Primeira parte
1. Meu primeiro lar   37
2. Surge Beleza Negra   39
3. A história de Ginger   41
4. Lições da vida   45

5. Adeus a um amigo 48
6. Tempos difíceis 51
7. A partida 53

Segunda parte
1. Earlshall 54
2. *Lady* Anne 56
3. A tragédia de Smith 58
4. Tempo de convalescer 60

Terceira parte
1. Um cavalo de aluguel 61
2. Um ladrão e um embrulhão 63
3. Feira de cavalos 65
4. Novo lar, novo trabalho 66
5. Um cavalo na guerra 68
6. Nas ruas de Londres 70
7. Pobre Ginger 71
8. Bem que tanto dure 73
9. Mal que nunca acaba 74
10. O fim da jornada 76

HERÓI, O GATO 79

Marcia Kupstas 80
1. Eu, o filho da gata Mel 81
2. O parque 82
3. Dois tipos de almoço 83
4. Um gato descobre seu valor 84
5. Pequenas caçadas 87
6. O grande gato negro 89
7. O pulo do gato 91
8. A história de Cicatriz 93
9. Ideias de um gato quase adulto 97
10. O menino e a água 98
11. A família decide 100
12. Conselhos de Cicatriz 101
13. Ano-novo 103

TRÊS ANIMAIS CRÍTICOS

Três autores, três épocas, três lugares... e um tema central, reunindo três diferentes narrativas. Quantas semelhanças pode haver entre essas histórias, quantas são suas particularidades...

Entre os animais domésticos, o cão, o gato e o cavalo provavelmente são os mais familiares e os que mais seduziram a imaginação humana. Admiramos e respeitamos certas características como a fidelidade canina, a esperteza do gato e a força física do cavalo, e as associamos, por exemplo, à lealdade, à amizade e ao trabalho, valores presentes há milênios em lendas, mitos e contos folclóricos de diversos povos.

Este volume reúne histórias desses três bichos, representados por personagens bastante lúcidas de sua condição animal e também muito críticas em relação ao homem. O cachorro Buck, de *O chamado selvagem*, de Jack London, o cavalo Beleza Negra, do livro de mesmo nome, de Anna Sewell, e Preto, de *Herói, o gato*, de Marcia Kupstas, são exemplos de que animais domésticos podem ser dóceis diante da boa liderança do homem, mas são protagonistas críticos dos costumes humanos, especialmente do abuso ou mau uso da supremacia humana sobre as demais espécies do planeta.

Buck é um cão mestiço grande e obediente, que mora com a família de um juiz. Roubado e vendido a garimpeiros, vai parar no Ártico, como condutor de trenó. Sua experiência com humanos passa por traumática mudança. Passa a ser explorado e espancado, sofre de fome e de frio, tem de se impor pela força física e violência contra os colegas de trabalho.

Beleza Negra também nasce em lugar privilegiado e o mais provável era ter um destino tranquilo, em uma típica fazenda inglesa. Porém, os transtornos na vida dos homens — doença familiar, problemas econômicos, mudança geográfica — também afetam sua trajetória. De mão em mão, da propriedade de um fidalgo chega às mais miseráveis feiras de cavalos; conhece a bonança e a generosidade, que brindaram seus mais felizes anos, e a estupidez e a ganância, que quase o levaram à morte.

O gato Preto nasce livre em um parque público. Sua mãe já fora gata doméstica, mas acabou abandonada pelos humanos, por quem nutre os contraditórios sentimentos de amor e ódio. Diante da possibilidade de adoção, Preto topa com o preconceito, quando é taxado de "gato preto, que dá azar".

Nas três histórias, o ponto de vista é o dos animais; em *Beleza Negra* e *Herói, o gato*, eles são inclusive os narradores. Há episódios densos e mesmo dramáticos; é difícil conter a emoção diante de situações como a que vive Buck, espancado para atravessar um rio caudaloso; não se solidarizar com Preto, vítima de preconceito; ou não se condoer de Beleza Negra, sobrecarregado além de suas forças, prestes a sucumbir. Mesmo mantendo um relato dramático, os autores não quiseram transformar seus personagens em simples vítimas. Eles sofrem, mas reagem.

Essa visão crítica que as personagens têm do próprio destino e a maneira como este está vinculado ao de seus donos registram de modo marcante a dualidade da alma humana, no seu livre-arbítrio diante do Bem e do Mal. Há bons condutores de cavalos, há bons líderes de matilha, há lares generosos para com os felinos domésticos. Mas há também a violência gratuita, a vingança pela resistência, a desconsideração das necessidades físicas básicas de quem está sob sua guarda. Diante dessa duplicidade, nossas personagens podem ser muito reflexivas.

Mas se elas censuram e depreciam os comportamentos reprováveis, também reconhecem a grandiosidade da convivência sadia com humanos. Buck e Preto têm até a possibilidade de optar por seu lado "selvagem" ou por partilharem seu dia a dia com pessoas especiais.

Esses elementos narrativos, comuns às três histórias, nos instigam a refletir, por nosso lado, sobre como tratamos e convivemos com os bichos domésticos.

A proposta inovadora da coleção **Três por Três** consiste na adaptação modernizada de textos antigos, de autores significativos da literatura universal, que dialogam com uma história de escritor brasileiro, também autor das adaptações. E tem como desafio maior atrair o jovem leitor a conhecer obras escritas em épocas anteriores à sua, sobre temas que, mesmo em nossos dias, continuam relevantes e desafiadores.

Boa leitura!

Marcia Kupstas

JACK LONDON.

Norte-americano, nasceu em São Francisco, em 1876, e faleceu na mesma cidade, em 1916. Seu nome de batismo é John Griffith Chaney, mas sua mãe, Flora Wellman, casou-se com o viúvo John London quando o filho tinha apenas alguns meses de vida e foi com o sobrenome do padrasto que o escritor se imortalizou.

De infância paupérrima, frequentou a escola formal por muito pouco tempo. Sua educação se completou com o autodidatismo e a intensa curiosidade que o fazia devorar livros. Lia de sociologia a ciência política, de filosofia a literatura clássica... porém, o jovem Jack tinha pouquíssimo tempo diário para se dedicar à sua formação intelectual. Era época de crise na Califórnia e, com o desemprego do padrasto, Jack precisou ajudar no sustento da família. Dos 11 aos 17 anos, foi entregador de jornais, operário, levantador de pinos em um boliche, vendedor de rua, estivador e até pirata de ostras! Um grupo de jovens audaciosos atacava os barcos de pesca e Jack descobriu que, numa empreitada, poderia conseguir mais de 200 dólares. Seguiu nessa vida até ser convidado a entrar na Patrulha de Pesca. Sua tarefa era apreender cargas de contrabando e pesca ilegal. Sempre que possível, Jack dedicava-se às suas leituras. Escreveu algumas histórias e as enviou a revistas, o que lhe rendeu apenas alguns centavos.

No final do século XIX, sua ânsia por aventuras foi contemplada. Descoberto ouro no Alasca, Jack seguiu para lá, disposto a enriquecer. Amargou fome e doença (contraiu escorbuto), mas, ao voltar a São Francisco, trazia um tesouro: não pepitas, mas histórias e personagens. Escreveu contos sobre aquela região remota e povoada de garimpeiros, marinheiros, esquimós, caçadores, que fascinaram o público. Em 1903 já havia publicado uma centena de contos e se tornou um nome conhecido do público. Escreveu também, entre outros, os romances O lobo do mar, Caninos brancos e O chamado selvagem. Estes últimos, sobre cães no limite entre a selvageria e a domesticidade, protótipos de suas crenças em valores como coragem, honra, determinação e autossuficiência. Valores que acreditava serem essenciais na formação do caráter humano.

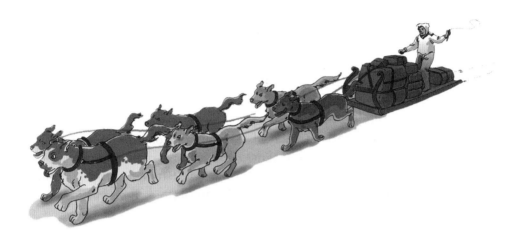

RETORNO À VIDA SELVAGEM

AINDA BEM QUE BUCK NÃO LIA JORNAIS! Se ele soubesse ler, talvez pudesse suspeitar que grandes problemas estavam para surgir, não apenas para si, como também para todos os cães musculosos e peludos da região. Acontece que alguns homens haviam encontrado um metal amarelo perto do Ártico e, desde que a notícia se espalhara, multidões de aventureiros se arriscavam por ali, conduzindo trenós puxados por cães robustos e de pelos grossos.

Buck era um cachorro exatamente assim, misto de pai são-bernardo e mãe pastora escocesa. O falecido pai de Buck tinha sido o grande companheiro do juiz Miller, dono de uma fazenda na região de Santa Clara. O filho estava agora com quatro anos de idade e continuava a tradição de cuidar da propriedade.

Buck era o rei da fazenda! Havia outros cães, é verdade, mas Buck não se incomodava com eles. Nem era caseiro, nem de canil. Apesar dos inúmeros cães domésticos, como a cadela mexicana sem pelo ou os *fox terriers* turbulentos, era ele o escolhido para caçar com os filhos do juiz, escoltar suas filhas nos passeios, servir de montaria para seus netos ou, orgulhoso, dormir aos pés do dono nas noites de inverno, quando o magistrado fumava o cachimbo junto da lareira.

Aquele reino lhe pertencia, até o verão de 1897, quando a febre do ouro do Klondike arrastava multidões para as regiões geladas do Norte. Entretanto, isso Buck não poderia saber, porque não lia jornais...

Mas Manuel lia. Ele, ajudante do jardineiro na fazenda do juiz, sabia quanto os garimpeiros do Alasca pagavam por cães robustos e de pelo grosso, como Buck.

Certa tarde, Manuel passou uma corda pelo pescoço do cachorro e saiu com ele através do pomar. O cão estava acostumado com o ajudante de jardineiro e não poderia imaginar que aquela era a última vez que ultrapassava os portões da propriedade e via aquelas colinas!

Na estação ferroviária, Manuel se encontrou com um homem estranho. Algumas notas passaram da mão de um para o outro e Buck foi surpreendido pelo forte puxão na coleira. Não teve tempo de reagir e se viu jogado numa espécie de jaula, dentro de um vagão de trem que logo seguiu viagem.

Ali começava seu pesadelo.

Ali começava sua aventura.

Foi uma longa viagem de trem, em que Buck permaneceu enjaulado. Homens estranhos surgiam e desapareciam em cada parada, falando sobre ele ou elogiando sua robustez, mas ninguém teve a ideia de alimentá-lo ou lhe dar água. Com a fúria de um rei raptado, o cão aguardava a iminente ajuda do juiz ou de algum empregado da fazenda, mas era uma espera vã. Seus latidos aos poucos foram engrossando e a sede o fazia soltar apenas um som que morria na garganta como um rosnado selvagem.

A viagem durou dois dias e duas noites. Em Seattle, finalmente, Buck foi tirado do vagão e conduzido para o pátio de um quintal.

— Você não vai tirá-lo da jaula, Druther? — alguém perguntou.

— Claro — respondeu um homem barbudo, de suéter vermelho. — Na hora certa.

— Druther é o melhor domador de cães de Seattle — comentou outro homem, apontando para o de suéter vermelho. — Se alguém pode domar esse diabo de olhos vermelhos, é ele.

O "diabo de olhos vermelhos" a que se referiam era Buck. Depois de dois dias de sede e desconforto, o antigo cão dócil do juiz parecia uma fera ou um demônio, louco para se atirar sobre aqueles estranhos e, se o pudesse fazer naquele momento, era certo que algumas gargantas acabariam cortadas.

Mas Druther conhecia seu ofício: antes de soltar o cão, armou-se de um machado e um porrete.

— Agora, diabo de olhos vermelhos — disse —, pode vir que tenho o que você precisa...

Ao perceber que a porta da jaula estava erguida, Buck se atirou para fora, com os pelos eriçados, a boca espumante e um brilho de loucura nos olhos injetados de sangue. Buck pesava 63 quilos e jogou-os todos contra o homem de suéter vermelho.

Quando suas mandíbulas estavam para se fincar no homem, Buck sentiu uma violenta pancada em seu focinho. Os dentes se fecharam vibrando e ele teve de se escorar numa parede. Nunca o haviam espancado antes em seus 4 anos de vida, e aquela era uma amarga descoberta. Logo o cão se refez e, soltando um latido que era parte uivo, saltou de novo sobre o domador de cães.

De novo, o porrete vibrou sobre o corpo do cachorro, sem piedade. Buck cambaleou de volta para o canto, coxeando, o sangue correndo das narinas. Antes que se refizesse, o porrete foi usado ainda com mais força, trazendo a dor mais cruel que Buck já sentira em sua vida.

Seu corpo se estendeu no chão, cada músculo partindo-se em dores insuportáveis. Estava imobilizado, quase sem sentidos. Viu o homem se aproximar e não tinha forças para reagir.

— "Atende pelo nome de Buck" — o homem de suéter vermelho leu numa papeleta. — Sim, Buck, meu filho — o homem agora falava com voz cordial. — Tivemos uma briguinha e é melhor que você aprenda a conhecer seu lugar. Seja um bom cachorro e tudo ficará bem. Se for mau, eu descerei o porrete em você. Entendeu?

O homem falava e acariciava a cabeça de Buck. Trouxe-lhe comida e água e Buck aprendeu a terrível lição, que jamais esqueceria. Não tinha como escapar de um homem com um porrete na mão. Precisava respeitá-lo.

Nos dias seguintes, Buck presenciou a chegada de novos cachorros, furiosos e desesperados. A todos Druther recebeu com a mesma chuva de pancadas. E Buck entendeu que essa era a nova lei: todos os cães, por maiores e mais violentos que fossem, deveriam obedecer a seu algoz. Viu animais que acabavam lambendo a mão de seu carrasco ao final da surra. Apenas um cão não aceitou o que lhe foi imposto e acabou sacrificado com um tiro.

Finalmente, Buck e outros cães foram comprados por dois franco-canadenses e embarcados num navio, que seguiu monótono em sua viagem. A cada dia, o cão sentia que ficava mais frio, até que finalmente o grupo desembarcou na Praia de Dyea.

Quando desceu ao cais, Buck teve outra surpresa além do frio: suas patas mergulharam numa substância macia e fofa, muito parecida com lama. Saltou para trás e rosnou. Do ar caía mais ainda daquela substância branca. Cheirou-a, mas aquilo não tinha cheiro. Buck tentou lambê-la e aquilo ardeu como fogo em sua língua. As pessoas que reparavam nele começaram a rir e isso o deixou estranhamente envergonhado. Era seu primeiro contato com a neve.

2
A LEI DO PORRETE E DA DENTADA

OS FRANCO-CANADENSES QUE compraram os cães chamavam-se Perrault e François e trabalhavam no correio canadense. Eram homens experientes da região e sabiam da importância de cães fortes e confiáveis nos trenós, para entregar a correspondência naquela região isolada e selvagem.

— Esse cão é um em mil — disse Perrault, um mestiço de francês e índio, referindo-se a Buck. — Valeu o que pagamos por ele.

Seu colega, François, também mestiço, era um gigante calmo e de rosto feroz. Eram homens de um tipo desconhecido por Buck, mas o cão também logo descobriu que eram justos na manutenção da lei. Orgulhavam-se da matilha que organizaram e usavam os porretes não por maldade, mas como recurso natural para impor a ordem entre os cães.

Buck fazia parte de um grupo bem diferenciado de cães: havia o cruel Spitz, o grande cão branco, líder da matilha, que matou outro cachorro logo à chegada do grupo a Dyea, apenas pela crueldade em exibir sua liderança. Buck o detestou à primeira vista e prometeu a si mesmo que nunca facilitaria com ele. Havia também Dave, um puxador experiente e um par de irmãos, Billee e Joe, verdadeiros cachorros nativos. Billee tentou ser camarada logo a sua chegada, mas foi recebido com fortes mordidas por Spitz. Seu irmão não se deixou espancar; de tal modo reagiu contra Spitz, com beiços contraídos e rosnados ferozes que o líder da matilha preferiu se manter distante.

O grupo aumentou com a inclusão de Sol-leks, que em língua indígena queria dizer "zangado". E merecia o nome: era cego de um olho e nunca permitia que se aproximassem dele pelo lado escuro. Buck descobriu essa particularidade de maneira bastante cruel: distraído, encostou em Sol-leks e recebeu violentíssima dentada, que lhe abriu um corte de oito centímetros, rasgando o ombro até o osso. Era mais uma dura lição da vida selvagem que o antigo cão do juiz teria de aprender, na sua convivência com aquelas feras do Ártico.

Buck teve outra lição na hora de dormir. Quando anoiteceu, viu a barraca dos homens iluminada por uma vela e entrou. Foi escorraçado sob uma chuva de tapas e maldições; aquele mundo não permitia a confraternização entre homens e cães.

O tempo esfriara brutalmente, o vento cortava a pele de Buck de modo particularmente dolorido em seu ombro ferido. Se não podia ficar na barraca, onde dormiria? Buck procurou seus colegas, mas os cães haviam desaparecido na planície nevada! Sentindo-se só e abandonado, circundava a barraca, sem objetivo. De repente, a neve cedeu sob seus pés e ele afundou. Eriçando o pelo, saltou para trás e ouviu um latido amigável. Curioso, foi investigar e sentiu um sopro quente saindo do buraco.

Ah, era assim que os cães se arranjavam, hem? Billee estava dormindo sob a neve, enrodilhado e aquecido. Rapidamente Buck cavou um buraco para si e adormeceu pesadamente.

Seguiram-se dias de treino e montagem da matilha. Com a chegada de outros cachorros, o grupo de nove cães pôde ser amarrado nos arreios. O lugar de Buck era entre Dave e Sol-leks. O orgulhoso e branco Spitz ia à frente da matilha.

De começo, Buck se atrapalhou com aquelas cordas, tropeçou e enroscou-se. Recebeu suas chicotadas, humilhado. Prometeu a si mesmo que isso não se repetiria. Em tempo recorde, ele entendia a sua missão.

— Eu lhe disse, François! — elogiou Perrault. — Esse cão Buck aprende depressa, valeu o que pagamos por ele.

No primeiro dia de viagem, percorreram 64 quilômetros. Perrault caminhava à frente do grupo, amassando a neve com sapatos especiais a fim de facilitar o trabalho dos cães, de puxarem o trenó.

Os dias se sucediam nesse mesmo pique. Buck obedecia ao comando dos homens e não chegou a levar chicotadas além da quota normal dos outros cães. Ele vivia faminto. Setecentos gramas de salmão seco ao sol eram sua ração diária. Nunca a comida lhe bastava e, quando viu que Pike, um dos cães novos, roubou uma fatia de toucinho quando Perrault lhe deu as costas, aprendeu uma nova lição: naquelas paragens, o roubo não era imoral.

Aquele cão, que em outros tempos daria a vida de bom grado em defesa da propriedade do juiz, poderia agora furtar comida dos homens sem se sentir culpado — desde que não fosse pego e punido por isso. Era a nova lei que aprendia: obedecia aos homens, os donos do porrete e do chicote, mas obedecia também à lei da natureza e colocava a própria sobrevivência acima dos deveres para com os outros.

Buck se guiava agora não apenas pela experiência, mas por instintos primitivos que renasciam. De uma maneira vaga, parecia lembrar-se da juventude da raça, quando matilhas de lobos caçavam e comiam a presa rasgando-a com os dentes. Em certas noites, quando erguia o focinho e uivava para a Lua, não era ele, Buck, quem o fazia, mas seus ancestrais.

A canção da selva renascia em suas veias; e viera parar ali, naquela terra primitiva, porque os homens encontraram um metal amarelo no Ártico e porque um ajudante de jardineiro chamado Manuel estava com dificuldades em pagar suas contas e precisava de dinheiro.

3
O ATAQUE DOS CÃES-LOBOS

O RENASCER DOS INSTINTOS selvagens em Buck foi um fortalecimento inconsciente. Estava mais preocupado em se ajustar às novas exigências e procurava evitar brigas. Contudo, Spitz nunca perdia a chance de provocar com rosnados aquele cachorro estranhamente tímido, que só não era atacado por respeito a seu tamanho. Mais cedo ou mais tarde, eles teriam de se confrontar...

Isso aconteceu num anoitecer particularmente gelado, quando o vento empurrava a neve e vinha cortante como faca em brasa. Os franceses demoraram a achar um bom local e finalmente montaram o acampamento rente a uma rocha vertical, sobre o congelado lago Le Barge.

Buck fez um ninho bem junto à rocha protetora. Estava tão aconchegado e aquecido que foi a custo que saiu, quando François distribuiu o peixe. Ao voltar, Buck encontrou seu lugar ocupado por Spitz.

Aquilo era demais! A fera selvagem que vivia nele rugiu. Saltou sobre Spitz com uma fúria que surpreendeu a ambos. Engalfinharam-se no chão gelado, um enterrando os caninos nos músculos do outro.

Mas, antes que a luta prosseguisse, um grito assustado gelou o sangue de todos. Perrault foi o primeiro a ver e deu o aviso: uma legião de figuras peludas aproximava-se! Cerca de uma centena de cães índios, demônios enlouquecidos de fome, investia contra o acampamento.

Perrault localizou um deles enfiado na caixa de mantimentos e esmagou suas costas magras com um porrete. Outros vinte cães lutavam entre si por um naco de toucinho. Os porretes desciam como chuva, e mesmo assim os esfomeados cachorros não largavam o naco.

Os cães do acampamento apavoraram-se com a ferocidade dos rivais. Buck nunca vira cães daquela espécie. Pareciam simples esqueletos envoltos em pele e com olhos de brasa, caninos gotejando baba. Mas, se eram tão frágeis, a loucura da fome os tornava terríveis. Nada se oporia a eles.

Os cães de trenó foram acuados contra o rochedo. Perrault e François não poderiam ajudá-los, pois eles mesmos tinham de defender a própria vida e os mantimentos. Os nove cães de trenó estavam por conta própria.

Buck viu-se cercado por três cães índios e logo sentia as dentadas nos ombros e na cabeça. Dave e Sol-leks, com o sangue escorrendo de dezenas de unhadas, combatiam bravamente, lado a lado. Joe abocanhava com a ferocidade de um demônio. Pike saltou sobre um antagonista coxo e lhe quebrou o pescoço numa dentada; foi um som horripilante, barulho de ossos trincados. Buck apanhou um rival pela garganta e sentiu o sangue jorrar em sua boca, quando rompeu a jugular a dentada. Jogou-se sobre outro, e naquele instante sentiu ele mesmo os dentes que se afundaram em sua garganta. Era Spitz, atacando-o traiçoeiramente. A custo, Buck livrou-se do cão branco.

Os selvagens pareciam formar uma onda de bestialidade faminta sobre os cães de trenó. Billee, apavorado, iniciou a fuga, logo seguido pelos demais, em louca correria pela vida. Se algum deles caísse, seria morte certa...

Refugiaram-se na floresta e esperaram o amanhecer.

No dia seguinte, os nove cães voltaram ao acampamento. Todos estavam estropiados, nenhum tinha menos de cinco ferimentos. Um cão nativo coxeava, com a perna ferida; Joe perdera um olho; o amável Billee estava com uma orelha reduzida a farrapos.

O acampamento não estava em melhores condições. Qualquer coisa levemente digerível fora saqueada — devoraram até um mocassim de pele de alce de Perrault e a ponta do chicote de François. Este olhava desconsolado para os estragos, quando avistou a matilha:

— Ah, meus amigos — disse com ternura. — Todas essas mordidas podem torná-los loucos! Santa Mãe! O que acha, Perrault?

O mensageiro do governo moveu o rosto, desolado. Homem rijo e experiente, sabia que só lhes restava continuar, deixando o destino nas mãos da Providência. Havia ainda 644 quilômetros até a cidade de Dawson e não perderiam tempo com suposições sobre a loucura dos cães. Atrelou os feridos ao trenó e seguiram viagem.

Os próximos seis dias foram terríveis. As selvagens águas do rio Thirty Mile desafiavam o gelo, em corredeiras ferozes. Cada passo era um tormento, para cão e homem. O termômetro registrava 50 °C abaixo de zero. Doze vezes Perrault caiu nas passagens do gelo, salvando-se apenas pela longa vara que o amparava atravessada sobre o buraco aberto por seu corpo; a cada queda, tinha de acender uma fogueira e secar as roupas, senão morreria.

Quando afinal saíram da região de gelo fino, os cães estavam esgotados, mas não havia tempo de descanso. Perrault precisava recuperar o atraso e os fazia marchar até tarde da noite, e logo de madrugada retomavam a jornada.

As patas de Buck ainda não estavam tão resistentes como as dos cães nativos. Certo dia, coxeou pela trilha, zonzo, e caiu pesadamente na neve, imóvel como se fulminado. Quando despertou do desmaio, estava tão fraco que, mesmo faminto, nem sequer pôde se mover até a ração de peixe que François lhe oferecia. Então, o gigante esfregou as patas do animal com vigor e tirou a lona de seus próprios mocassins para proteger as patas do cão. Esse empenho foi recompensado: bastaram alguns dias de uso daqueles curiosos sapatos e as patas de Buck se endureceram. Daí o calçado foi jogado fora.

Chegaram a Dawson, que contava com algumas centenas de trabalhadores europeus e esquimós, e afinal puderam descansar.

Na noite da chegada, Buck acompanhou o uivo dos companheiros com redobrada alegria. Sentia-se satisfeito pelo cumprimento da missão e pela camaradagem animal que o unia aos demais. De sua garganta, saía a canção selvagem dos ancestrais e, de seu coração, vinha a misteriosa comoção diante das forças da natureza.

Dessa vez, o correio faria um percurso com carga mais leve e os cães pareceram captar o abrandamento da disciplina. Buck trabalhava nos arreios com todo o ânimo, porque o trabalho se tornara um prazer para ele, mas incentivava a rebeldia dos colegas, que se enredavam nas cordas do trenó. Ora Perrault, ora François usavam o chicote com vontade, mas a indisciplina corria solta entre os cães. Volta e meia, algum deles provocava a antiga liderança de Spitz.

Certa noite, Pike roubou metade de um peixe do líder e o devorou sob a proteção de Buck. Mesmo Billee, o amável, não respondia às ordens de Spitz com seus costumeiros ganidos cordiais. A disputa pela liderança era apenas uma questão de tempo.

E ela aconteceu numa noite de inesperada caçada, quando a matilha descansava na entrada da vila de Tahkeena. Dub, um cachorro ladrão e insubordinado, mas dedicado trabalhador, desalojou um coelho da neve, errou o pulo e o perdeu. Logo o grupo todo latia em único som. A cem metros de distância, havia um acampamento da polícia montada, cujos cães nativos se uniram à caçada.

O coelho partiu feito uma bala rio abaixo, perseguido por um grupo de mais de cinquenta cães. Buck ia na frente da matilha, ganindo ansiosamente, seu corpo esplêndido saltando sob a fraca luz do luar. E, salto após salto, como um pálido fantasma de gelo, o coelho mergulhava na sua frente.

A ânsia pelo sangue agia no corpo de Buck, como se viesse do útero do Tempo. Ele respondia às profundezas de sua natureza, tomado pelo simples impulso da vida animal, pela alegria de ter cada músculo em movimento, por participar da caça a uma outra vida, movido pelo instinto de matar.

Spitz, porém, friamente calculava o momento de agir. Deixou a matilha e cortou o caminho por uma faixa mais estreita de terra, perto de uma curva. Quando o coelho passou pela faixa, foi interceptado em pleno ar por dentes ferozes. Buck vinha próximo e, no primeiro instante, não percebeu que aquele fantasma do gelo que enterrava os dentes nas costas do coelho era o seu inimigo Spitz.

Mas, quando o coelho voou longe, estraçalhado, um ímpeto selvagem levou Buck a continuar o ataque, agora contra Spitz. Ambos rolaram sobre a neve, as mandíbulas de aço procurando carne e músculo para romper.

Buck compreendeu... A hora havia chegado. Era a luta pela vida ou a aceitação da morte.

Os outros cães pararam de correr e um círculo se formou em torno dos dois competidores, que ficaram exibindo os dentes e se medindo, ferozes. Não se ouvia o mais leve sussurro e o círculo de feras marcava-se pelo hálito visível dos cães, mantendo-se no ar gelado.

Para Buck, aquela cena parecia familiar, como sempre o fora, desde o surgir dos tempos. Era a ordem natural da sua espécie, a luta pelo poder, o matar-ou-morrer que conduz à vida primitiva.

Spitz era um combatente experimentado. Seu rancor era antigo, mas não cego. Sabia que o inimigo também se movia pela mesma paixão por rasgar e destruir. Por isso, nunca atacava sem se prevenir do ataque alheio.

Buck esforçou-se para meter os dentes no pescoço do grande cão branco. Mas, onde quer que seus caninos batessem em busca de carne mais mole, ali estavam os caninos de Spitz. O líder da matilha teve mais sorte e conseguiu lancetar várias mordidas nos ombros e pescoço de Buck.

A luta tornava-se desesperada. E, todo o tempo, o círculo daqueles lobos esperava em silêncio, prontos para dilacerar o cão que perdesse a disputa. Era a antiga lei da espécie e eles lhe obedeciam.

Sabendo disso, quando cambaleou sob uma nova investida do líder, Buck captou o movimento dos quase sessenta cães, prontos a avançar sobre ele se caísse. Recuperou-se a custo e planejou seu próximo movimento.

Buck possuía a qualidade da grandeza: a imaginação. Combatia por instinto, mas também por inteligência. Fingiu que atacava Spitz com o ombro, mas no último instante se desviou, abaixando na neve. Seus dentes se fecharam na perna dianteira de Spitz e se ouviu pelo Ártico o ruído de ossos quebrando. O líder teria de lutar com três pernas.

Buck não pretendia facilitar o combate e, ligeiro, atacou a outra perna do inimigo. De novo o terrível som. Mesmo com duas patas fraturadas, Spitz tentava manter-se em pé e lutar. Rugia com fúria e dor. Via o círculo de olhos vermelhos agitar-se a seu redor; seus antigos companheiros agora transformados em feras, as línguas fora das bocas, os olhos brilhando...

Na lei da selva não havia misericórdia. O círculo se fechou sobre Spitz e ele, que no passado tantas vezes se jogara contra inimigos abatidos, era agora o sacrificado pela matilha.

Enquanto o grupo escuro se tornava um ponto enlouquecido em torno do animal moribundo, Buck manteve-se de pé, observando. Era o campeão; em suas veias corria o sangue da fera primitiva, que o fizera matar.

Essa sensação o alegrou profundamente.

4
BUCK NA LIDERANÇA

— SPITZ ERA O DIABO, mas Buck vale por dois diabos! — disse François na manhã seguinte, quando deram falta de Spitz e viram as feridas de Buck.

— Spitz realmente brigava como o diabo — falou Perrault —, mas encontrou seu destino. Paciência! Vamos adiante que o caminho é longo.

Perrault arrumava o equipamento e François arreava os cães. Buck ocupou o lugar que era de Spitz, mas o homem o ignorou, colocando Sol-leks na posição de líder.

Buck atirou-se contra Sol-leks e novamente ocupou a liderança.

— Eh! — gritou François, dando palmadas na coxa de alegria. — Olhe o Buck! Ele matou Spitz e agora quer o lugar dele.

Sol-leks foi de novo conduzido à liderança, e mais uma vez teve de enfrentar a fúria de Buck. Então François se irritou:

— Agora, diabo, vou lhe mostrar quem manda aqui. — Ergueu o porrete.

Imediatamente Buck se lembrou da dura lição do homem de suéter vermelho e cedeu o lugar. Porém, revoltou-se: ganhara a luta com coragem, tinha direito à liderança! Fugiu do porrete e se recusou a acatar as ordens do homem.

Por mais de hora, François tentou colocar Buck no seu antigo lugar no trenó, mas nem ameaças nem agrados persuadiram o cão.

— Deixe Buck no comando — ordenou Perrault. — Ele logo se atrapalhará e você poderá colocá-lo onde deve.

François abandonou o porrete na neve e Buck rapidamente se deixou engatar, pronto para cumprir a tarefa de conduzir o trenó.

E trabalhou com bravura! Dave e Sol-leks não se importaram com a mudança de líder. Billee poderia ser dirigido por quem fosse; já o preguiçoso Pike teve o desempenho melhorado com boas dentadas. Os outros acabaram se acertando...

Enquanto a matilha seguia adiante, num ritmo único e febril, François gritou, entusiasmado:

— Nunca vi cachorro igual ao Buck! Ele vale mil dólares! O que acha, Perrault?

Perrault concordou. Com a nova formação e a excelente liderança, seguiam numa média de 64 quilômetros por dia.

O clima ajudou, a temperatura melhorou um pouco e o trajeto até Skaguay foi feito em tempo recorde. A entrada do grupo na vila foi comemorada em grande estilo: os dois franceses foram recebidos como heróis e durante uma semana beberam de graça por conta das façanhas daquele cão maravilhoso.

Mas, ao final desse tempo, chegou nova ordem do governo. François e Perrault tiveram de se despedir de Buck e, como outros homens em sua vida, nunca mais foram vistos.

O novo modo de viver de Buck não era muito diferente do anterior. Um homem mestiço escocês era agora o chefe do correio, e Buck e seus companheiros se juntaram a um comboio de doze trenós e retomaram a trilha até Dawson. Os novos colegas caninos nem sempre eram bem disciplinados e isso aborrecia o líder. Ainda assim, cumpria sua tarefa do melhor modo possível. Como Dave e Sol-leks, orgulhava-se de trabalhar na matilha.

Era uma vida dura e monótona, cada dia seguindo pela trilha na neve, com paradas curtas e noites silenciosas ao pé das fogueiras dos homens.

Em muitas dessas noites, Buck recordava-se dos tempos antigos. Olhando para o fogo, lembrava-se da lareira do juiz e dos agrados, dos cheiros da fazenda, das crianças e das coisas boas de comer.

Outras vezes, sua mente o levava para tempos bem anteriores... Olhando o fogo, ele parecia ver uma outra chama, cercada por homens bem diferentes daquele cozinheiro mestiço. Esses homens tinham pernas mais curtas e eram também mais peludos; não ficavam eretos, o tronco curto os jogava para a frente, animalizando-os; sua boca produzia sons estranhos e eles temiam a noite e os seus ruídos com a mesma intensidade dos próprios cães da matilha.

Mas tudo não passava de divagações; no dia a dia, havia mesmo muito trabalho: a matilha seguia seu caminho, cortando a imensidão gelada sob a música do vento. Desde o começo do inverno, percorreram dois mil e novecentos quilômetros.

Todos os cães sofriam com a caminhada intensa, mas, certo dia, o esforço foi demasiado para Dave. Era sempre o último a sair do abrigo e, nas paradas, rapidamente se jogava ao solo, ganindo. Outras vezes, ululava de dor quando o mestiço e seus companheiros tentavam mover o trenó.

O condutor apalpava o cão e tentava descobrir alguma doença; mas não localizou nenhum osso quebrado nem a origem do mal.

Quando chegaram a Cassiar Bar, Dave estava tão fraco que caía repetidamente nas correias. O mestiço escocês tirou-o do grupo, substituindo-o por Sol-leks; sua intenção era fazê-lo descansar. Mas Dave tinha orgulho: apesar de gravemente doente, não suportava ver outro cão fazendo o seu trabalho.

Quando o trenó partiu, o cão correu atrás da matilha; o mestiço tentou afastá-lo com o chicote, mas Dave não se incomodou com as pancadas. Afinal, na próxima parada do grupo, jogou-se ao lado do trenó, na sua antiga posição. Parecia implorar com os olhos que o atrelassem de novo.

O condutor estava perplexo. Conhecia histórias sobre cães que eram capazes de morrer por lhe terem negado o trabalho que o matava.

— Deixe o cão no lugar dele, por Deus! — disse um dos homens do correio. — Já vi cães velhos que morrem só de ficar longe das correias.

O mestiço escocês tornou a prender Dave no seu lugar na matilha. Foi um esforço extraordinário para o animal... Dave mantinha a pose orgulhosa, mas tantas vezes uivou involuntariamente e outras tantas tropeçou nas cordas, sendo arrastado pela força da matilha.

No pouso seguinte, seu condutor arrumou para ele um lugar junto à fogueira. Dave não aceitou comida e ganiu baixo a noite toda.

No dia seguinte, estava agonizante. Mesmo assim, quando a matilha foi atrelada, ele se esforçou para levantar. Sem sucesso.

A matilha prosseguiu, sob os uivos desesperados de Dave que ficara para trás. Os homens se entreolharam ao contornar a primeira curva... Então, o mestiço escocês retornou até a fogueira.

Na imensidão gelada, ouviu-se o tiro seco do fuzil. O homem voltou a seu posto, os cães devagar retomaram o ritmo. Buck sabia, assim como cada cão do grupo, o que acontecera às suas costas, no acampamento desativado.

5
DOIS DONOS E UMA DONA

EM QUASE CINCO MESES, percorreram pouco menos de 5 mil quilômetros. Os últimos 1.900 quilômetros de viagem foram bem puxados; a matilha estava morta de cansaço quando chegou a Skaguay. Todos os cães tinham as patas terrivelmente machucadas. Buck, de 63,5 quilos, estava com 52.

— Andem, pobres pés exaustos! — o condutor tentava lhes dar coragem. — Estamos no fim. Depois vamos descansar muito.

Os homens do correio pretendiam poupar os cachorros, oferecendo-lhes um longo repouso. Quatro dias depois da chegada, porém, surgiu uma dupla de americanos disposta a pagar bem pelos cães de trenó e a ambição falou mais alto: a matilha foi vendida.

Os novos donos se chamavam Hal e Charles. O primeiro era um jovem arrogante, de seus 20 anos, e exibia o revólver no cinturão sob qualquer pretexto. Charles tinha cerca de 40 anos de idade; era moreno, com traços da raça negra e de olhar fraco. Os dois estavam claramente fora de seus elementos; era o tipo de gente aventureira atraída para aquelas paragens pela febre do ouro.

Buck e seus companheiros foram levados a um acampamento desmazelado, onde os homens encontraram Mercedes, irmã de Hal e esposa de Charles. Logo eles reuniram suas coisas e tentaram organizar a saída da expedição.

Porém, demonstraram total falta de familiaridade com o que faziam: colocaram uma imensa barraca à frente do trenó, mais dezenas de malas e outros objetos.

Os homens da vila saíram de suas choupanas para assistir ao grande fiasco. Um deles ainda aconselhou:

— Se fosse vocês, não levaria essa barraca comigo. Estamos na primavera, vocês não vão mais pegar tempo frio.

— De jeito nenhum! — reclamou Mercedes. — Como vou me virar sem a barraca?

Então ficou a barraca e tudo o mais. Hal estalou o chicote sobre a matilha:

— Marchem! Vamos!

Os cachorros se jogaram contra os peitorais, no máximo do esforço, mas o trenó não se moveu.

— Vou mostrar a eles! — Hal arrumou a posição do chicote.

— Oh, Hal, não faça isso com os coitadinhos — choramingou Mercedes.

— Grande coisa você sabe sobre cachorros! — exclamou o irmão. — Eles estão acostumados à pancada. Pergunte àqueles homens. — E apontou um grupo de curiosos.

— Se quer saber, dona, está na cara que estão mortos de cansaço — disse um velho.

— Nada de descansar — esbravejou Hal, desconfiado de que fizera uma má compra e descendo o chicote na matilha.

Sob uma chuva de pancadas e palavrões, conseguiu mover o trenó. Buck estava furioso com o despreparo e a injustiça de seus novos donos. Arrancou na liderança, com um esforço soberbo... O trenó deslizou alguns metros. Mas o excesso de carga e o mau acondicionamento dela logo causaram o desastre: pacotes e tralhas se esparramaram pelo chão.

— Eles levam mais cobertores do que todos os hotéis da cidade — riu-se um homem.

Outro comentava do absurdo de carregarem comida enlatada, impossível de usar naquelas paragens.

Afinal, Charles e Hal seguiram os conselhos dos mais experientes: reduziram a carga, acondicionaram-na melhor e compraram seis novos cães, formando uma matilha de quatorze membros. Orgulhavam-se do grupo: nunca tinham visto tantos cães conduzindo um trenó!

Mal sabiam eles que, numa jornada de mais de 4 mil quilômetros, como pretendiam fazer, não havia jeito de levar comida para tantos cachorros. Nem que os cães novatos não tinham sido bem treinados e os mais velhos, exaustos, não aguentariam tamanho esforço sem antes repousar.

A caravana seguiu adiante e Buck percebeu que não poderiam depender daqueles homens e daquela mulher. Eram inexperientes e, pior, lerdos para aprender. Usavam metade da noite para erguer um acampamento tosco e metade da manhã para carregar o trenó, de maneira tão desorganizada que passavam o resto do dia parando para arrumar a carga. Às vezes, mal conseguiam percorrer dezesseis quilômetros em um dia.

E não sabiam como alimentar os cães: Hal decidiu dobrar a ração, ao notar a exaustão da matilha. E, quando Mercedes achava que a comida era pouca, ela mesma roubava peixe do saco para alimentá-los. Entretanto, cães nativos necessitavam tanto de alimento como de repouso. Embora se arrastassem a pouca velocidade, a pesada e estúpida carga minava suas debilitadas forças.

Certo dia, Hal percebeu que metade do alimento para os cães havia acabado e que haviam percorrido apenas um quarto do caminho até onde poderiam reabastecer. Assim, reduziu a ração costumeira. Mas, se diminuía a comida dos cães, não poderia forçá-los a andar mais depressa. Teria de sacrificar alguns animais.

O primeiro foi Dub. Sua omoplata, deslocada e sem repouso, ia de mal a pior, até que Hal o matou com um tiro. Nos dias seguintes, foi a vez de um terra-nova, três perdigueiros de pelo curto e dois mestiços.

A irritabilidade do grupo humano aumentou depois dos sacrifícios. Tornavam-se cada vez mais rudes um com o outro: Charles e Hal discutiam por qualquer coisa. Um achava que tinha parte maior de trabalho que o outro. Mercedes, que se punha ora do lado do irmão, ora do lado do marido, triste e cansada, exigia ser transportada no trenó o tempo inteiro. Um sacrifício a mais para os cachorros famintos e enfraquecidos. Houve um dia em que os homens a tiraram à força do trenó. Ela gritou e reclamou feito criança mimada e não quis se mover na trilha. Depois de cinco quilômetros, tiveram de retornar para pegá-la.

Perdida em sua própria miséria, Mercedes acabou indiferente ao sofrimento dos animais. Agora acreditava na teoria de Hal, de que aqueles cães do Ártico eram feitos para trabalhar sob chicote e, mesmo em situações em que a exaustão dos animais era evidente, ela ainda incitava aquela dura disciplina.

A condição da matilha era lastimável. Estavam reduzidos a esqueletos ambulantes. Buck cambaleava à frente do grupo como se vivesse um pesadelo. Puxava quando podia; quando não, caía e ficava imóvel, até que as chicotadas ou o porrete o arrancassem da neve. Todo o volume de seus músculos e o brilho do pelo tinham desaparecido. Cada costela e osso de seu corpo se tornaram claramente visíveis sob a pele solta e enrugada.

Billee não resistiu. Certo dia, caiu na neve e não pôde levantar. Hal ergueu o machado e o acertou na cabeça. Buck e seus companheiros viram que o mesmo destino estava próximo para eles também. No dia seguinte, foi a vez de uma cadela e, afinal, restaram apenas cinco: Joe, que deixara de ser malvado; Pike, coxeando e ferido; Sol-leks, caolho, sempre fiel ao trabalho nas correias, mas triste por estar sem força suficiente; Teek, que havia viajado menos no inverno passado, também se ressentia do esforço e da fome; e Buck, na liderança do grupo, mas que não mais lhes exigia disciplina, e só se mantinha na trilha pelo instinto.

Era uma linda primavera, mas nem os cachorros nem os homens haviam percebido isso. O silêncio fantasmagórico do inverno cedia ao murmúrio primaveril do despertar da vida. Eram pássaros, grilos, coelhos, toda a natureza retomando sua força. E as águas também se moviam, rompendo o gelo, correndo pelas planícies.

Foi um grupo miserável que chegou às margens do rio White, no acampamento de John Thornton, experimentado mineiro, que havia muito se acostumara a ver aquele tipo de gente. Ele dava os últimos retoques ao cabo de um machado e respondeu por monossílabos às primeiras e tímidas perguntas de Charles, sobre as condições do trajeto até Dawson.

— Todos disseram que o gelo estava solto e que nunca chegaríamos até aqui — disse Hal, com um riso boçal e arrogante. — Mas aqui estamos.

— Pois disseram bem — comentou John. — O gelo pode se soltar a qualquer momento. Somente um tolo, com a sorte cega dos tolos, teria feito esse caminho. Amigo, nem por todo o ouro do Alasca eu me arriscaria nesse gelo.

Hal empalideceu de raiva e desenrolou o chicote.

— O senhor então não deve ser tolo. Continuaremos a viagem. Levante-se, Buck! Vamos, marchem!

Mas os cães não obedeceram ao comando. Já haviam passado da fase em que pancadas os colocavam de pé. O chicote estalava aqui e ali e eles não se moviam. John contraiu os lábios, sem parar o trabalho de entalhe. Sol-leks foi o primeiro a se erguer. Teek seguiu-o. Depois Joe, latindo de dor. Pike tentou dolorosamente e caiu duas vezes antes de ficar em pé. Buck, porém, deixou-se ficar imóvel, por mais que as chicotadas esfolassem suas costas.

John Thornton fez um movimento como se fosse falar, mas se calou. Os olhos se umedeceram de lágrimas e, enquanto o espancamento continuava, levantou-se e caminhou de um lado a outro.

Era a primeira vez que Buck falhava e isso deixava Hal ainda mais furioso. Trocou o chicote pelo porrete. Mesmo sob a chuva de golpes, Buck recusou-se a se mover. Estava tão mal como seus companheiros, mas sua recusa tinha outros motivos. Tinha uma vaga ideia de que estavam condenados: aquele gelo fino e quebradiço não aguentaria a matilha. Seria um desastre prosseguir, por isso se recusava a levantar. Via próximo o seu fim, de tanto apanhar, e corajosamente o aceitava.

E então, de repente, sem aviso, John Thornton soltou um grito animal e profundo e avançou sobre o homem com o porrete. Hal foi atirado para trás, como se atingido por uma árvore. Mercedes gritava. Charles tinha os olhos molhados e estava tão cansado que mal podia mover os braços.

— Se você bater nesse cachorro de novo, eu te mato! — exclamou John.

— O cachorro é meu! — disse Hal, limpando o sangue que lhe corria da boca. — Saia do meu caminho ou darei parte de você. Vou para Dawson.

John continuou entre Hal e o cão, e de tal modo era possível ler a determinação em seus olhos que o irmão de Mercedes cedeu. Entre mil palavrões irritados, soltou o cachorro dos arreios e reordenou a pobre matilha, com Pike na liderança.

Buck e John ficaram imóveis, vendo o grupo se afastar: Mercedes sentada no trenó apinhado, Hal na haste de direção e Charles arrastando-se com dificuldade na retaguarda. Então, a cerca de quatrocentos metros de distância, o gelo se rompeu sob o trenó. Viram quando a parte traseira começou a afundar, parecendo sugada por um sorvedouro, e Hal sacudiu-se no ar. O grito de Mercedes chegou até eles. Também viram quando Charles tentou escapar e a placa de gelo cedeu, levando tudo — cães, homens e trenó — para o fundo do buraco. Restava apenas um imenso rombo aberto no gelo.

John e Buck se olharam.

— Seu pobre coitado — sussurrou o homem, acariciando-lhe o peito.

E Buck lambeu-lhe a mão.

6
AMOR A UM HOMEM

NA ÉPOCA EM QUE acolheu Buck, John Thornton curtia um merecido descanso das aventuras de garimpeiro. Depois de uma temporada de má sorte nas minas, quase perdeu os pés por congelamento e, por isso, seus companheiros Hans e Pete o deixaram ali, às margens do rio Yukon, para convalescer. Os dois homens subiram o rio à procura de madeira para a construção de uma jangada. Pretendiam buscá-lo quando o tempo firmasse.

Esse acabou sendo um período de convalescença para homem e cão. Buck se recuperava lentamente e aos poucos suas feridas saravam, seus músculos voltavam a ganhar volume e a carne retornava.

Aquele era um grupo interessante: John tinha uma cadela perdigueira, Skeet, que logo fez amizade com Buck. Como uma mãe gata lava seus filhotes, a cadela lavava as feridas de seu novo amigo. Nig, um cão preto, meio terra-nova, meio cão de caça, era igualmente amigo.

Para surpresa de Buck, os dois cachorros não revelaram o menor ciúme do dono. Pareciam compartilhar a mesma bondade e generosidade do homem. Logo Buck se integrou à nova vida e pôde descobrir em si um novo sentimento.

O que sentia era amor, puro amor, pela primeira vez. A vida com o juiz Miller tinha sido boa e ele nutria amizade pelo dono; porém John despertara no coração de Buck um amor febril, de adoração, de loucura. Aquele homem lhe salvara a vida, mas também a alma. Tinha uma maneira rude de pegar a cabeça de Buck nas mãos grandes e falar com ele como a um igual. Soltava palavrões e terríveis pragas, mas aquele gesto e as obscenidades pareciam os mais doces elogios aos ouvidos do animal.

Buck pôde retribuir a bondade e o carinho do novo dono em muitas ocasiões, como no dia em que, depois do retorno dos sócios de John, ele o salvou de cair num despenhadeiro.

Em outra ocasião, já na cidade de Circle City, um mineiro bêbado e desavisado se atreveu a ameaçar John com um murro. Ah, quem viu a cena jamais se esqueceria! Os homens do bar em que estavam ouviram um barulho que não era latido nem rosnado, talvez uma espécie de rugido, vindo do fundo da garganta de Buck, quando se ergueu no ar e jogou-se no pescoço do homem que ameaçara seu dono. O homem não morreu por um triz. Uma assembleia de mineiros julgou que o cão havia sido provocado e liberou dono e cachorro de qualquer punição. O caso só fez aumentar a fama de Buck entre os rudes mineiros do Alasca.

Houve outro acontecimento memorável, comentado por gerações nas regiões geladas e que bem comprovou a magnitude da ligação entre homem e cão. Aconteceu em Dawson, numa taberna. Um mineiro afirmou que seu cão era capaz de mover um trenó com 225 quilos de carga; outro homem elogiou seu cachorro e aumentou o peso para 275 quilos; um terceiro, Matthewson, o rei das minas de Bonanza, falou em 315 quilos.

— Bobagem! — disse John Thornton. — Buck é capaz de mover 450 quilos.

— E puxar? — perguntou Matthewson.

— E puxar por noventa metros! — completou John.

— Está certo — falou Matthewson, em voz alta. — Aposto mil dólares que ele não pode! — E atirou um saquinho de ouro em pó sobre o balcão.

John sentiu o rosto enrubescer. Fora traído por sua língua grande! Não sabia se Buck aguentaria tamanha carga. Quase quinhentos quilos! Além disso, não tinha mil dólares, nem seus sócios. Olhou de um mineiro para outro... Deu com os olhos em O'Brien, rei da mina de Mastodon e velho companheiro.

O'Brien o acudiu:

— Se quiser, John, eu lhe empresto o dinheiro. Se bem que não tenho tanta fé de que seu animal consiga...

John aceitou. Ah, a aposta movimentou o lugar! As mesas ficaram desertas, os jogadores e desocupados, centenas de homens, com capotes de lã grossa e gorros de peles, espalharam-se pela rua para assistir ao acontecimento.

Havia por ali um trenó com confirmada carga de 450 quilos de farinha. Os dez cães do trenó foram desamarrados e John trouxe Buck para o lugar.

As apostas aumentavam... contra Buck. Alcançaram três contra um de que ele não conseguiria. Quando o cachorro tomou posição nos arreios, muitos homens apalparam os músculos do animal e os julgaram duros como ferro... As apostas caíram para dois contra um.

— Bom, senhor, bom! — resmungou um dono de minas, falando com John. — Antes mesmo da prova, eu lhe ofereço oitocentos dólares pelo animal! O que acha?

Oitocentos dólares! Era uma fortuna!... E as apostas aumentaram: agora eram 1.600 dólares que estavam em jogo. Tão menos arriscado seria vender o cachorro... Mas John rejeitou o pedido com um movimento de cabeça e encarou fixamente o cão. O que ele lia naqueles olhos era a admirável paixão de Buck por ele. Thornton ajoelhou-se e sussurrou nas orelhas do bicho:

— Como você me quer bem, Buck! Como você me quer bem!

Foi tudo o que disse. A prova poderia começar.

— Vamos, Buck!

Buck jogou os arreios para a direita e seus 63 quilos tremeram sob o terrível peso. Debaixo dos deslizadores ouviram-se estalos.

— Agora, Buck!

O cão jogou o peso para a esquerda e dessa vez os estalidos de gelo aumentaram. O trenó vibrava... Afinal, libertou-se do chão gelado.

Alguns homens prendiam a respiração, na ansiedade causada pelo fato. Um cão arrastando quase quinhentos quilos?! Era impossível!

Mas não para Buck; todos os seus músculos se contraíram compactamente com o esforço, movendo-se como força viva sob o pelo. O trenó gemeu e cedeu. Uma das patas do cão deslizou e um homem soltou uma exclamação de pena. Mas o trenó se movia... E continuou se movendo... um passo, um metro, dois... Lentamente, bem lentamente... avançavam!

Cão e trenó ultrapassaram os noventa metros!

Foi um delírio! Chapéus e luvas voaram no ar. Havia homens apertando as mãos uns de outros, todos falando juntos, num descontrole entusiasmado.

Mas John Thornton nada ouvia: caiu de joelhos e acariciava o pelo de Buck. De cabeças unidas, cão e homem se cheiravam e conversavam, as pragas loucas do mineiro virando as mais amorosas e delicadas palavras.

— Bem, senhor! — retornou o homem que queria comprar Buck. — Pago por ele mil, ou melhor, pago 1.200 dólares pelo cão, senhor!

John levantou-se. Os olhos úmidos, lágrimas corriam soltas pelas suas faces:

— Não, meu senhor. Vá para o inferno. É só o que posso lhe dizer, meu senhor!

Buck segurou nos dentes a mão de John e sacudiu-a para frente e para trás, puxando o homem para si, que voltou a se ajoelhar e conversar com o cão, sem reparar em mais ninguém.

Vendo isso, aos poucos os espectadores se afastaram, respeitosos. Ninguém tinha o direito de interromper aquele diálogo secreto e misterioso, feito de palavras e grunhidos, na mais absoluta comunhão entre homem e cão.

7
O CHAMADO DA SELVA

O DINHEIRO GANHO EM cinco minutos permitiu que John Thornton pagasse dívidas e ajeitasse uma expedição para o Leste, atrás de uma fabulosa mina de ouro.

Era uma mina lendária, envolta por mistério e tragédia. Ninguém sabia quem a descobrira primeiro nem sua localização exata. John, Pete e Hans seguiam por trilhas desconhecidas, conduzindo a matilha liderada por Buck.

John exigia pouco do homem e da natureza. Não tinha medo da floresta. Bastava-lhe um punhado de sal e um rifle para sobreviver. Não tinha pressa. À maneira dos índios, caçava a refeição durante a viagem e, se não a pudesse encontrar, continuava viajando, certo de que cedo ou tarde a refeição viria a seu encontro.

Para Buck, era uma alegria imensa esse estilo de viajar. Ao lado do dono, desfrutava de um alegre vagabundear, puxando o trenó sem pressa, caçando, pescando e vadiando a mais não poder. Os meses chegavam e partiam e eles prosseguiam para o Leste, às vezes minerando com peneira o fundo lodacento dos rios do Alasca, às vezes pegando alguma pepita, ou apenas desfrutando a vida.

Afinal, depois que o inverno chegou e partiu e a primavera retornou com sua força, os homens localizaram uma boa jazida. Ficava no fundo de um vale fértil e o ouro aparecia como manteiga amarela nas peneiras. Cada dia de trabalho lhes rendia milhares de dólares em ouro em pó.

Pouco restava para os cães fazerem nesses meses de mineração. Exceto carregar a caça de John para o acampamento, Buck passava longas horas pensativo ao lado do fogo. Nessas ocasiões, aquela visão do homem peludo, de pernas curtas, voltava-lhe à mente, com força redobrada.

Impulsos irresistíveis tomavam conta dele. Podia estar no acampamento, cochilando, e subitamente erguia as orelhas, atento... Gostava de correr ao longo do leito seco dos rios, rastejar e espiar os pássaros. Mas gostava especialmente de correr à luz da penumbra do anoitecer, lendo os sinais da natureza como os homens leem os livros e percebendo que havia ali alguma coisa misteriosa que o chamava — um som intenso, forte, sussurrante: venha, venha... Um uivo longo...

E uma noite ele foi. Da floresta surgiu um som familiar e inconfundível, um chamado. Era o uivo de um lobo.

Buck saltou sobre o acampamento adormecido e seguiu para a floresta. À medida que se aproximava do grito, ia mais lentamente, calculando cada movimento, farejando, procurando...

Até que o viu. Em uma clareira à sua frente, ereto sobre os quadris, o focinho apontando para a Lua, estava um comprido e magro lobo da floresta.

Quando avistou Buck, o lobo tentou escapar. O cão porém era maior e mais forte e os dois em breve se encontraram. O lobo estava desconfiado e amedrontado — Buck era certamente três vezes mais pesado que ele —, mas o cão insistiu. Queria a amizade e o reconhecimento de seu parente selvagem. Afinal, a desconfiança cedeu e os animais tocaram-se nos focinhos. Correram depois lado a lado, por muitos quilômetros, adentraram uma região desconhecida, selvagem, e prosseguiram...

Velhas lembranças chegavam à memória do cachorro. Percebia que já havia feito essas coisas antes, em algum lugar daquele mundo vago e relembrado. Ele o reconquistara e agora também corria livre pelo descampado...

Quando pararam para beber água, Buck subitamente se lembrou de John. O lobo queria prosseguir; o cão retrocedeu.

De volta ao acampamento, de manhã, Buck se atirou sobre o dono loucamente.

— O que foi? Parece um John-bobo! — riu-se John, em meio a pragas carinhosas, sacudindo vigorosamente o magnífico animal.

Apenas o amor pelo dono segurou Buck ali daquele dia em diante.

Durante os próximos meses, Buck passou muitas noites na floresta. Caçava e perambulava pelas matas, mas não topou mais com o lobo.

O desejo da caça era mais forte do que nunca. Era um matador, criatura que poderia viver dos seres que, sozinho, conseguia abater. Triunfava naquele ambiente hostil onde só os mais fortes sobreviviam.

— Por Deus! — disse um dia um dos sócios de John, quando viu a alegria com que Buck encurralava uma presa. — Nunca houve um cão assim!

— Quando o fizeram, o molde foi quebrado — acrescentou o outro sócio.

Os homens não poderiam imaginar quanto Buck se transformava, assim que se afastava do acampamento e se encontrava no secreto da floresta. Não mais marchava, mas deslizava feito gato, era uma sombra caçadora e fugidia, capaz de farejar cheiros mínimos no ar, identificar uma presa a quilômetros, diferenciar uma codorna de uma perdiz, matar um coelho dormindo na toca ou rastejar feito cobra e exterminar uma delas.

E, quando no outono os alces apareceram, Buck encontrou o ambicionado troféu de caçador. Meteu-se na trilha de um imenso alce macho por quatro dias e não descansou enquanto não sentiu o gosto do sangue da presa abatida. Por mais um dia, deixou-se ficar ao lado do animal morto, devorando-o lentamente e curtindo a satisfação do caçador realizado.

Ao retornar para John e para o acampamento, foi atacado de indescritível ansiedade. A cinco quilômetros da mina, cheiros estranhos fizeram seu coração se apertar, numa premonição desesperada.

A floresta estava em silêncio total. Passo a passo, aquele cão magnífico avançava pelo vale... O primeiro corpo encontrado foi o de Nig, trespassado por uma flecha.

Cem metros mais à frente, havia outros cães de trenó, que Thornton comprara em Dawson, agonizantes. E, já no limite do acampamento, encontrou o corpo de Hans, espetado de flechas como um porco-espinho.

Um grupo de índios Yeehats dançava nas ruínas do acampamento, comemorando a vitória contra os garimpeiros brancos. Descuidados, não puderam entender o que saltou sobre eles, se animal, fera ou demônio!

Buck agia feito um furacão vivo, lançando-se sobre eles com ódio demoníaco. O primeiro a ser atacado foi o chefe dos Yeehats. Buck rasgou a garganta do homem com uma única dentada, deixando a jugular aberta como um chafariz de sangue. E sem esperar já atacava outro índio!

Não havia meio de resistir àquela fúria. Buck pulava no meio deles rasgando, destruindo, estraçalhando, em desafio veloz às flechas que os homens tentavam disparar contra ele. Tomados de pânico, os Yeehats fugiram aterrorizados, gritando: "Espírito mau! Espírito mau!".

E Buck era mesmo a encarnação de todos os demônios e malefícios da floresta, na perseguição dos homens. Aquele foi um dia negro para os Yeehats.

Quando afinal se cansou da caçada, retornou ao acampamento.

Encontrou o cadáver de John à beira do rio, metade do corpo enfiado na água. Buck sabia reconhecer a morte, e a de John abriu em seu peito um imenso vazio. Uivou longa e tristemente, em uma última homenagem àquele homem que lhe salvara a vida e a alma...

Seu breve consolo era observar os cadáveres dos índios e disso se orgulhava: havia matado homem — a mais nobre de todas as caças — e o fez em honra a seu senhor, seu líder.

Mas nem o orgulho nem a fúria caçadora fariam John voltar à vida. E foi com o coração repleto de dor que afinal Buck se afastou do vale e seguiu para a floresta.

Era o chamado. Muitas e muitas vozes, mais atraentes e decisivas do que nunca. Agora não havia mais John Thornton para detê-lo. Buck poderia cumprir seu destino.

Uma matilha de lobos veio na trilha dos Yeehats e invadiu o vale.

O cão se aproximou corajosamente do grupo. Um lobo ameaçou-o com os dentes à mostra. Não teve chance. Como um raio, Buck o golpeou, quebrando-lhe o pescoço. Três outros lobos tentaram ir contra ele, em vão. O restante recuou, o sangue jorrando das gargantas ou ombros cortados.

Os lobos estavam confusos. Formou-se uma roda em torno daquele estranho e robusto animal. Afinal, um lobo velho, magro e marcado por cicatrizes se aproximou. Buck contorceu os beiços e exibiu os dentes, até reconhecê-lo: era o amigo que conhecera na floresta.

O velho lobo sentou sobre as patas e uivou. Outros o seguiram. Agora o chamado chegava a Buck em notas precisas.

Poucos anos depois que Buck se integrou à alcateia, os índios Yeehats deram de encontrar lobinhos diferentes, mais robustos e de manchas claras na cabeça. E contavam-se lendas sobre um furioso Espírito Mau em forma de cão, que atacava os acampamentos indígenas e estraçalhava os que estavam dormindo.

No verão, ainda é possível ver um cão-lobo em um determinado vale, onde antes existia uma mina de homens brancos. Os Yeehats temem entrar no vale e contam que o Espírito Mau costuma farejar longamente as margens do riacho e solta doloridos uivos...

Mas isso é raro. Porque o cão-lobo dificilmente está só. Ele lidera uma grande alcateia e, nas noites de inverno, seu vulto gigante paira à frente dos companheiros... De sua garganta sai um uivo, um canto do mundo primitivo, em homenagem à natureza.

BELEZA NEGRA
AUTOBIOGRAFIA DE UM CAVALO
Anna Sewell

Adaptação de Marcia Kupstas

ANNA SEWELL.

Inglesa, nasceu em Great Yarmouth, em 1820, e faleceu em 1878, na mesma região de Norfolk. Sua família era muito religiosa, da seita Quaker. O pai era funcionário do comércio e a mãe, Mary Wright Sewell, escritora de livros de ensinamentos religiosos e morais. Foi por meio da atividade da mãe que Anna se interessou pela literatura, pois também a ajudava em sua tarefa. Era uma vida dura, de pouquíssimos recursos, mantida com dignidade apenas pela determinação e pela fé dos Sewells. Anna sempre foi frágil, mas aos 14 anos sofreu um acidente que resultou em sua invalidez. Para ajudá-la a se locomover nos quilômetros que separavam sua casa da cidade, o pai comprou uma carroça com um pônei branco. Esse animal foi seu grande companheiro e amigo, e certamente a inspirou a escrever Beleza Negra.

De caráter piedoso e tímido, Anna se condoía com o destino dos cavalos, que eram usados como meio de transporte até fins do século XIX, e começou a imaginar uma história que lhes resgatasse a dignidade. Nascia Beleza Negra, *único livro escrito por Anna, durante os anos de 1871 a 1877. Sua intenção era alertar os condutores de cavalos a tratarem as cavalgaduras com piedade e respeito. Sofria com os modismos e a crueldade dos condutores, que impunham rédeas curtas e freios fechados aos animais desnecessariamente. Ao criar a "autobiografia de um cavalo" (subtítulo de sua obra), a autora despertou a atenção pública para o problema. Sem dúvida, foi uma precursora da necessidade de defender os direitos dos animais.*

Anna Sewell faleceu alguns meses depois do lançamento de sua obra – de grande sucesso desde as primeiras edições, em 1877 –, mas seu alerta se fez lembrar até o derradeiro momento: em seu enterro, no belo coche que conduzia o caixão ao cemitério, uma parelha de cavalos era mantida com a boca presa no bridão. Sua mãe brecou o carro fúnebre e exigiu que o cocheiro libertasse a boca dos animais. Era a justa homenagem para aquela que dedicou sua vida a elaborar uma obra única, de defesa e proteção à integridade dos cavalos.

Primeira parte

1
MEU PRIMEIRO LAR

A PRIMEIRA LEMBRANÇA DE minha vida é de um prado amplo, com um tanque de águas claras, margeado por antigas árvores que se inclinavam sobre ele. De um lado havia uma plantação de pinheiros e do outro, o campo de terra arada, com a casa de nosso dono à beira da estrada.

Enquanto me alimentei apenas do leite de mamãe, ela foi minha constante companhia. A partir do momento em que comecei a comer capim, ela foi colocada para trabalhar durante o dia e voltava só à noite; então arrumei novos companheiros.

Ficava pelo prado, junto a meia dúzia de potros um pouco mais velhos que eu. Galopávamos ao redor do campo, treinando corridas e trocando coices e mordidas.

Um dia em que eles foram um tanto mais brutos na brincadeira, ouvi a seguinte recomendação materna:

— Ouça bem, meu filho. Esses potros são companheiros de brincadeira, mas o destino deles é diferente do seu. Eles serão usados para o trabalho do campo e é normal que sejam brutos. Você, porém, é de boa linhagem; seu pai é famoso na região e seu avô ganhou duas vezes as corridas do New Market. Sua avó tinha um doce gênio e eu mesma não sou de dar coices ou morder. Espero que você tenha boas maneiras e faça seu trabalho de boa vontade, sem escoicear ou machucar os humanos, nem de brincadeira.

O nome de mamãe era Duquesa e suas palavras muito me impressionaram. Ela realmente era uma estimada égua de sela, a tal ponto que nosso dono a chamava de Favorita. Quando mamãe avistava o sr. Grey no portão, trotava alegremente em sua direção. Ele lhe dava pancadinhas nas costas e dizia:

— Então, minha velha Favorita, como vai o seu Pretinho?

Sou da cor negra e por isso ele me chamava Pretinho. Nosso dono tinha muitos cavalos, mas creio que realmente éramos os favoritos, sempre recebendo cenouras ou carinhos.

Desses primeiros tempos de minha infância, lembro-me de uma cena marcante. Eu deveria ter por volta de dois anos e foi numa manhã de primavera. Eu e outros potros pastávamos na parte mais baixa do campo, quando ouvimos latidos de cães. O mais velho dos potros levantou as orelhas e disse:

— São os cães de caça! — E disparou na direção do ruído.

Os outros cavalos da propriedade também se alvoroçaram com a novidade. Mamãe aproximou-se de mim e explicou:

— Os caçadores encontraram uma lebre. Estão vindo por esse caminho e assim você poderá ver a caçada.

Logo depois, vi a matilha avançar para o nosso lado, numa barulheira infernal. Eles latiam, uivavam bem alto. Atrás deles vieram muitos homens a cavalo, todos galopando com rapidez. Então os cães se detiveram e começaram a farejar, nervosos, seus narizes colados ao chão.

— Eles perderam a pista — declarou um cavalo mais velho. — Talvez a lebre consiga escapar.

— Que lebre? — perguntei. — O que ela fez, para ser assim perseguida?

— Ora! Não sei! Só sei que basta aparecer uma lebre qualquer que cães e homens começam a persegui-la.

Logo os cães reiniciaram seus latidos e foram a toda velocidade para o rio, margeando a ribanceira alta. Então pude ver a lebre, um bicho pequeno e apavorado, que tentou escapar para a plantação.

Os cães, tão excitados estavam pela caçada, que seguiram a lebre sem reparar no perigo da margem, jogando-se no riacho ou ultrapassando com dificuldade a sua altura. Seis ou oito homens seguiram os cães.

A lebre tentou atravessar a cerca, mas era tarde demais. Ouvi apenas um guincho e os cães já estavam sobre ela. Um dos caçadores correu para espantar os cachorros, antes que eles estraçalhassem a presa. Então o homem ergueu a lebre pela perna, e o que vi foi um bicho peludo e ensanguentado... Confesso que me decepcionei com a tal "lebre", tão medíocre para criar tamanho tumulto, mas todos os cavaleiros pareceram bastante satisfeitos...

Porém, o desfecho da tal caçada se revelou dramático não apenas para a lebre, mas também para cavalos e cavaleiros. Dois belos cavalos haviam ficado para trás; um deles gemia na relva e outro se debatia na correnteza. Seus cavaleiros também estavam caídos, um se movia e gemia em meio ao lodo e o outro estava completamente imóvel, com o rosto enfiado no chão.

Fiquei sabendo depois que o nome do rapaz imóvel era George Gordon, único filho do fidalgo da região. Tinha quebrado o pescoço e o médico não pôde salvá-lo. Igual destino trágico teve um dos cavalos acidentados. Um homem conferiu os relinchos assustados do cavalo negro e foi buscar uma espingarda, pondo fim a seu sofrimento, pois tinha uma perna fraturada.

Nos próximos dias, os sinos da igreja tocaram repetidamente. Vi, pelo portão, passar um estranho coche negro, coberto de panos e puxado por cavalos também negros. Os sinos continuavam a tocar e a tocar, enquanto levavam o jovem Gordon para o cemitério. Iam sepultá-lo.

Não conseguia entender aqueles homens! Mamãe me disse que eles eram tão apaixonados pelas caçadas que largavam seus afazeres, destruíam o campo arado na correria, sacrificavam os animais e punham suas vidas em risco só para capturar uns bichos que facilmente poderiam ser pegos de outro modo!

Não entendia... e talvez nunca entendesse. Sei que um cavalo (que mamãe conhecia, de nome Rob Roy, corajoso e trabalhador) e um cavaleiro estavam mortos e que o jovem Gordon nunca mais iria andar ou correr ou cavalgar pelas pradarias...

E toda essa perda e sofrimento por causa de uma pequena lebre!

2
SURGE BELEZA NEGRA

MEUS PRIMEIROS ANOS DE vida foram de muita liberdade. O sr. Grey tinha uma teoria, a de que "meninos não devem fazer trabalho de homens, nem potros o serviço dos cavalos"; portanto, enquanto não estivesse completamente desenvolvido para ser adestrado, ficaria solto pelos campos.

Aos poucos, fui aprendendo as lições de mamãe, acompanhando-a no trote e no adestramento. Foi desagradável passar pelo ferreiro e colocar ferradura, assim como aceitar as rédeas e os freios. Mas tudo foi feito com carinho pelo patrão e seus ajudantes. Ao cabo de quatro anos, era um belo animal e fui vendido para o sr. Gordon.

Antes de partir, despedi-me de mamãe e ouvi seus últimos conselhos:

— Pretinho, saiba que há muitas espécies de homens. Há aqueles bons e sensatos como o sr. Grey, que deixam qualquer cavalo orgulhoso de servi-lo. Mas há homens cruéis, que jamais deveriam possuir animais. Além dos descuidados e preguiçosos, que cometem o mal porque não se dão ao trabalho de pensar. Às vezes, creio que são esses os que mais nos prejudicam... Espero que caia em boas mãos, meu filho, pois nunca se sabe quem irá comprá-lo ou guiá-lo. É uma questão de sorte. Mesmo assim, digo-lhe: trabalhe sempre da melhor maneira possível aonde quer que vá e mantenha o seu bom nome.

Depois dessa despedida, segui para a herdade de Birtwick, a residência dos Gordons.

Era uma fazenda maior do que a pradaria onde nasci. O fidalgo possuía muitos cavalos e seus estábulos eram amplos. Porém, fui conduzido a um lugar realmente privilegiado, um anexo da cavalaria com a manjedoura e o feno liberados, além de bom espaço livre para trotar. Era chamado lugar da liberdade e, confesso, em toda a minha vida, nunca tive alojamento tão bom como esse!

Mal entrei em meu novo lar, ouvi um resmungo como cumprimento:

— Então foi você que me expulsou do meu alojamento? Não é estranho que um potro como você venha expulsar uma senhora como eu?

Quem me dirigiu palavras tão rudes foi Ginger, uma égua de pelo castanho e pescoço longo. Ao que respondi:

— Nem sei do que está falando, madame. Não expulsei ninguém. O homem me trouxe aqui e nada tenho com isso. Quanto a ser potro, tenho quatro anos e já sou um cavalo adulto...

Nesse momento, outro vizinho de estábulo, um pônei chamado Merrylegs, entrou na conversa:

— Se há um culpado em perder o estábulo principal, é a própria Ginger! De tanto escoicear e morder, ela assustou as meninas da casa, a srta. Flora e a srta. Jessie, que sempre vinham aqui me trazer coisas gostosas de comer... Acho que foi inveja. Se você for bem comportado, vai ficar por aqui e ver como somos bem tratados nesta propriedade!

Realmente, Merrylegs tinha razão. Na manhã seguinte, o cocheiro John Manly me levou para fora, escovou meu pelo com cuidado e trotou comigo pela propriedade. Pareceu satisfeito com meu treinamento ao dizer:

— Oh, meu rapaz! Acho que você vai gostar de acompanhar os cães de caça...

Quando voltávamos para o alojamento, encontramos o sr. e a sra. Gordon, passeando.

— Então, John, que lhe pareceu o animal?

— De primeira classe, senhor. Corre como um ganso e tem excelente disposição. Creio que nunca foi assustado ou maltratado pelo dono.

— Que nome lhe daremos? — perguntou o patrão.

Sua esposa sugeriu:

— Que tal Ébano? Ele é preto como a noite.

— Não, Ébano, não.

— Quer chamá-lo de Pássaro Negro, como o velho cavalo de seu tio?

— Ele é muito mais bonito que o velho Pássaro Negro — respondeu o sr. Gordon.

— Sim, ele é uma verdadeira beleza... tem o olhar tão inteligente! E se o batizássemos de Beleza Negra?

E assim fui batizado.

Voltamos ao estábulo e John disse meu nome ao garoto James, o cavalariço. Ele sorriu e comentou:

— Se não fosse uma lembrança ruim, acho que poderia chamá-lo de Rob Roy. Nunca vi dois animais tão parecidos.

— Pudera! Os dois são filhos da Duquesa, a égua do fazendeiro Grey.

Nunca tinha ouvido isso e fiquei espantado em saber que era irmão daquele cavalo sacrificado na caçada... Será que por isso mamãe se mostrou tão abalada com o acontecimento?

Pobre Rob Roy! Parece que os cavalos não têm parentes. Pelo menos, eles não se reconhecem mais depois que são vendidos. Mas senti uma ponta de orgulho ao ser comparado a um animal valoroso como aquele e prometi que, do que dependesse de mim, serviria aos donos de meu irmão com empenho igual ao dele.

3
A HISTÓRIA DE GINGER

MINHA VIDA EM BIRTWICK era mansa — até demais, devo confessar. Um cavalo jovem como eu, cheio de energia, às vezes se ressentia de um certo tédio, ambicionando correrias e disputas. Um dia, eu e Ginger estávamos à sombra de uma árvore e reclamei dessa monotonia. Foi então que a égua castanha quis saber sobre meu treinamento e contou sua história, que nada tinha de gentil, no trato com os humanos.

— Beleza Negra, você tem um bom temperamento porque teve uma educação cuidadosa. Comigo, foi tudo tão diferente...

Logo que desmamei, fui enfiada com outros potros no campo. O homem que cuidava de nós não era bruto nem nos machucava, mas era indiferente. Jamais nos incentivava com palavras amáveis ou nos trazia comidas especiais. Apenas cuidava de que estivéssemos protegidos no inverno e limpos no verão.

Eu e os outros potros nos divertíamos livres no campo, galopando, escoiceando ou perseguindo uns aos outros. Depois descansávamos à sombra das árvores...

Quando chegou a época de meu treinamento, mal conhecia os homens. Foi tudo direto e brutal. Alguns rapazes me encurralaram num canto da cerca, um deles me agarrou o topete, outro segurou meu nariz, um terceiro meteu a mão pela minha boca e me enfiaram o cabresto, sem a menor delicadeza. Não me deram sequer a oportunidade de entender o que eles queriam fazer! Eu era jovem e selvagem, é verdade, e devo confessar que lhes dei um bom trabalho. Mas era horrível passar dia após dia num cubículo, depois de conhecer toda a liberdade dos prados! Você mesmo, Beleza Negra, que teve um dono carinhoso, sabe como é ruim, imagine para uma égua solta, como eu!

O velho patrão, o sr. Ryder, poderia ter sido melhor comigo, mas deixou meu adestramento por conta de seu filho Sansão. Este era um rapaz forte e fanfarrão que se exibia dizendo jamais existir cavalo que o derrubasse. Ele parecia querer não a obediência de um cavalo, mas a sua humilhação, a destruição de qualquer vontade! Por mais que me esforçasse, nada era o bastante. Acho que ele bebia e quanto mais bebia pior se tornava. Fazia-me rodar e trotar até a exaustão.

Um dia ele me obrigou a trabalhar tanto que quando me deitei sentia-me esgotada e enfurecida. Resolvi que nunca mais lhe obedeceria! Não me importava em morrer, mas ainda jogaria aquele brutamontes no chão, custasse o que custasse...

Certo dia, travamos um completo combate. Por muito tempo, ele se agarrou à sela e me castigou com o chicote e as esporas, mas eu estava endemoninhada... Tanto pinoteei, chutei e me ergui nas patas traseiras que consegui! Vitória! Atirei-o por terra. Ouvi quando ele caiu e tratei de galopar, fugir o mais rápido dali.

Durante o resto do dia, permaneci abandonada à própria sorte, no estábulo. Meus ferimentos juntaram moscas, porque as esporas tinham arranhado minha pele, mas ninguém apareceu para me alimentar nem fazer curativos.

Afinal, já de noite, o velho sr. Ryder surgiu. Falou mansamente comigo, dizia coisas como "venha, minha pequena, venha, não vou lhe fazer mal". Obedeci. Ele me deu um punhado de aveia na boca e comi, sem receio. Mais tarde, seu filho se aproximou e tentei mordê-lo.

— Animal estúpido! — falou Sansão.

— Alto lá! — disse o pai. — Você já maltratou muito essa égua. Um homem mal-humorado não pode fazer um cavalo bem-humorado.

A partir desse dia e pelos próximos meses, foi o pai quem tomou conta de meu adestramento. Com segurança e sensatez, logo entendi o que desejavam de mim e aprendi tudo o que um cavalo precisava saber...

Em várias ocasiões, quando Ginger e eu ficávamos juntos no prado, ela me contava sua história, falava sobre seus primeiros donos.

Depois de adestrada, fui comprada por um negociante para fazer parelha com um cavalo castanho, mas não fiquei muito com ele. Levaram-me para Londres, onde fui vendida a um cavaleiro elegante. Ele queria que seus cavalos fossem conduzidos com rédea curta, e você, Beleza Negra, que nunca usou isso, nem imagina a tortura que é! Gosto de erguer a cabeça e sacudi-la, como qualquer cavalo que se preze. Pois imagine se você levantasse a cabeça e não pudesse movê-la por horas seguidas! Além disso, deram-me dois freios em vez de um. E tão apertados que qualquer movimento me cortava a boca... Pior mesmo era quando tinha de ficar imóvel, por uma ou duas horas, quando a madame estava numa festa ou teatro: se eu pinoteava ou me mostrava impaciente, lá vinha o chicote!

— E o seu dono, Ginger, ele não se preocupava com você? — perguntei, indignado.

— Não, ele só queria ter uma parelha elegante, como se costumava dizer. Acho que pouco entendia de cavalos, deixava tudo nas mãos do cocheiro, que também pouco se importava comigo...

Ah, se o cocheiro pelo menos revelasse um pouco mais de consideração, se me acariciasse na cocheira ou me falasse com carinho, eu faria um bom trabalho. Mas era indiferença ou chicote! Era obrigação ou chicote. Não podia aguentar aquilo! Logo comecei a dar coices em qualquer um que viesse me colocar os arreios. Por causa disso, apanhava ainda mais, até que resolveram me enviar ao mercado, para ser vendida. Essa minha boa aparência me garantiu um bom preço e fui parar nas mãos de outro negociante. Treinou-me sem a rédea curta e me vendeu como um cavalo manso, para um cavalheiro do campo. Este era tão estúpido e brutal como Sansão. Falava comigo com voz rouca e impaciente e, se eu não obedecia logo, batia em meu pescoço com vassoura, forcado ou com o que tivesse à mão. Chamava-me de estúpida e incompetente. Logo eu comecei a odiá-lo... Ele queria que eu tivesse medo dele e, como sou muito orgulhosa para isso, usava o chicote sem dó nem piedade. Certa vez, consegui encurralar o homem e o mordi com vontade. Então ele desistiu de mim e me repassou para o comerciante que já tinha sido meu dono. "É uma pena que um animal tão belo se arruíne desse jeito, sem ter uma oportunidade", foi o que ele falou. E assim fui vendida para os Gordons, cheguei aqui a Birtwick um pouco antes de você. Por certo, este lugar é bem diferente, mas já decidi: acho que os homens são meus inimigos naturais e preciso me defender.

— Bem... Respeito sua história, Ginger, mas penso que seria uma vergonha dar coices ou morder o John ou o James. Eles nos tratam muito bem e gostam de nós — falei.

— Pode ser. Mas até quando isso vai durar? Se James tentar alguma gracinha, vai se ver comigo. É verdade que uma vez mordi James e ouvi seu John dizendo: "Tente tratá-la com delicadeza". Pensei que o rapaz ia me espancar mas ele veio, braço enfaixado e tudo, trazendo uma porção extra de ração e me acariciou. Nunca mais o mordi.

Fiquei com muita pena de Ginger e como nessa época ainda não conhecia bem a vida, achei que ela agia mal. Entretanto, aos poucos, ela perdia aquele olhar duro e desconfiado. Certo dia, ouvi o comentário de James:

— Sr. John, acho que a égua está gostando mais de mim. Ela relinchou quando eu lavava a sua cabeça e não tenta mais me atacar.

O velho cavalariço riu:

— Nós ainda vamos curá-la. Tudo o que ela precisa é de bondade, coitada! Um dia será tão boa como Beleza Negra! São as pílulas de Birtwick fazendo efeito...

Isso era uma brincadeira de John. Ele costumava dizer que um tratamento regular com as pílulas de Birtwick curava qualquer cavalo viciado. Essas pílulas, dizia ele, eram feitas de paciência, delicadeza, firmeza e carinho. Tudo misturado com meia dose de bom senso e administrado ao cavalo diariamente.

Não podia deixar de concordar com ele!

4
LIÇÕES DA VIDA

MEUS PATRÕES ABOLIRAM MODAS torturantes de aparelhar cavalos e nenhum animal de Birtwick usava rédeas curtas ou freios apertados. O sr. Gordon acreditava inclusive que um cavalo de cabeça presa seria menos útil em um momento de perigo. Essa sua atitude revelou-se, afinal, muito verdadeira.

No final do outono, meu patrão teve de empreender longa viagem de negócios. John o acompanhou e eu fui atrelado ao cabriolé, o que me dava muito prazer, porque o veículo era leve e as rodas corriam com facilidade.

Chovera bastante e o vento soprava forte quando chegamos à ponte de madeira. As margens do rio eram bem elevadas e a ponte o atravessava no mesmo nível, de maneira que, nas cheias, a água atingia as suas tábuas. Como elas eram reforçadas com ferro de cada lado, ninguém imaginava que a travessia pudesse ser perigosa.

— O rio sobe rapidamente, senhor — disse o guarda da estrada para o patrão. — É bom tomar cuidado na volta.

O sr. Gordon passou o dia na cidade e cuidou de seus negócios. Retornamos já bem de noite, quando a tempestade assolava os campos e os bosques.

— Oh, John, gostaria que já estivéssemos fora da floresta.

— Sim, sr. Gordon — disse John. — Seria horrível se um tronco desses caísse em nossas cabeças.

Mal John havia pronunciado essas palavras, ouvimos um chiado, um som de madeira quebrando e vimos um carvalho tombar sobre nós, arrancado até pelas raízes, ocupando a estrada à nossa frente. Não posso dizer que tive medo, eu estava aterrorizado! Parei de repente, trêmulo. Ainda bem que não cheguei ao extremo de virar e fugir, mas foi por pouco.

John imediatamente saltou do carro e segurou minhas rédeas.

— Quase fomos atingidos! — exclamou o sr. Gordon. — E agora o que faremos?

John sugeriu que retornássemos à encruzilhada; e, quando alcançamos a ponte, estava bastante escuro. Podíamos ver que a água já lhe atingira o centro, mas, como isso era comum nas épocas de cheia, o patrão não se deteve.

Opa! Mal meus pés tocaram a madeira, senti que algo diferente acontecia.

— Vamos, Beleza Negra, não se assuste, é só água... — O patrão deu uma leve pancadinha com o chicote, porém não me atrevi a sair do lugar.

O sr. Gordon deu-me então uma pancada mais forte, mas continuei parado e trêmulo, sem coragem de prosseguir.

— O que foi, Beleza Negra? — John resolveu investigar a ponte.

Não podia responder, claro, mas sentia em meus cascos que não deveríamos prosseguir.

E ainda bem que não o fizemos! Do outro lado da ponte surgiu um homem movimentando uma tocha como se estivesse louco.

— Parem! Parem, já! — berrava ele.

— O que aconteceu? — gritou meu amo.

— A ponte está quebrada no meio e um pedaço foi levado pela correnteza. Se vocês avançarem, cairão no rio.

— Graças a Deus não prosseguimos! — exclamou o patrão.

— E graças a você também, Beleza Negra! — disse John, aliviado.

Demoramos muito mais tempo a chegar a Birtwick, mas o fizemos a salvo. Durante o restante da jornada, ouvi a longa conversa de meu patrão com o criado, a respeito de animais generosos, que usaram seus instintos de maneira mais sensata que os humanos, e acabaram por salvar os donos que confiaram nesses talentos naturais, verdadeiras dádivas divinas!

— É por isso, senhor, que não acredito nos maus-tratos e na brutalidade quando a gente lida com um animal inteligente e sensato, como os cavalos! Dependemos deles e devemos tratá-los com toda gentileza... — foram as palavras de John.

Essa mesma generosidade de John, revelada nessa pequena aventura, também mostrou-se em outras ocasiões. E não envolveu apenas os cavalos da propriedade. Gostaria de contar o que aconteceu com o pônei do fazendeiro Bushby algum tempo depois.

Eu e John tínhamos saído para cumprir uma ordem do patrão e voltávamos lentamente por uma estrada quando vimos um menino tentando fazer um pônei pular o portão. O animal não conseguia saltar e o garoto lhe metia o chicote com força... O menino então desmontou e tentou forçá-lo a pular, batendo ainda mais.

Quando estávamos perto, vimos o pônei abaixar a cabeça e meter as patas traseiras no garoto, jogando-o sobre uma moita de espinhos.

— Ai, me acuda! — gritava o menino. — Ajude-me a sair daqui, senhor!

John nem sequer diminuiu a marcha. Passou rindo pelo menino e ainda falou:

— Bem feito! O poneizinho lhe deu o que merecia! Quem sabe assim você aprenda a não forçar o bicho a pular mais alto do que ele consegue...

Então eu ouvi John Manly falar consigo mesmo:

— Esse menino mentiroso ainda vai contar bobagens em casa. Venha, Beleza Negra, vamos fazer uma visita ao fazendeiro Bushby antes de o filho voltar.

Fizemos um retorno e logo chegávamos ao pátio de uma casa. Um senhor correu a abrir a porteira, com expressão preocupada:

— Você viu meu filho? O menino saiu há uma hora montado no pônei e o animal acaba de voltar sozinho...

— Pois assim ainda foi melhor, senhor. Se um cavaleiro não sabe cuidar da sua montaria, é melhor mesmo que ande a pé...

— O que quer dizer com isso? — perguntou o fazendeiro.

John contou então como vira o garoto torturar o pobre pônei só porque era pequeno demais para saltar um muro alto. E como o bicho o escoiceara em defesa própria.

— É muita maldade irritar um animal até obrigá-lo a dar coices — concluiu John.

Nesse momento a mãe começou a chorar.

— Oh, meu pobre Bill! Vou até lá. Ele pode estar ferido!

— Fique aqui mesmo, mulher — disse o sr. Bushby. — Bill precisa de uma lição. Não é a primeira vez que o pegamos maltratando o bicho. Dessa vez, além dos espinhos, vai aprender uma lição. Agradeço-lhe a informação, sr. Manly, boa tarde.

Não presenciamos o corretivo do pequeno Bill, mas, pela cara do pai, acho que o menino ia ter o que merecia...

5
ADEUS A UM AMIGO

CERTA MANHÃ, NO COMEÇO de dezembro, mal havia terminado meus exercícios diários quando o patrão entrou no estábulo, de rosto sério e uma carta aberta nas mãos:

— John, você tem alguma queixa do jovem James?

— Como assim, senhor? Ele é um ótimo ajudante, aprende depressa e sempre trata muito bem os animais.

— Era o que eu pensava. Você acha que ele seria capaz de tocar sozinho um estábulo? Meu cunhado mandou uma carta, pedindo referências de um rapaz de vinte e poucos anos que possa cuidar do estábulo quando seu velho cavalariço se aposentar. Você indicaria James para esse cargo?

— Senhor, lamentaria muito perder um ajudante tão bom como ele, mas nunca iria impedi-lo de seguir carreira. Tenho certeza de que James será um ótimo funcionário.

O sr. Gordon então conversou com James, que ficou radiante com a possibilidade. Acertaram que o rapaz seguiria para Clifford Hall dentro de um mês e meio; enquanto isso, praticaria ao máximo o trato com os cavalos.

Foi um período de muitas viagens. Numa delas, o patrão e a patroa resolveram visitar uns amigos, que moravam a setenta quilômetros da casa. Usaram a carruagem, comigo e Ginger puxando o carro e tendo James como condutor.

No primeiro dia, fizemos cinquenta quilômetros e resolvemos pernoitar no hotel de uma grande cidade. James nos conduziu aos estábulos do hotel, onde um velhinho simpático nos recebeu com enorme sorriso e se pôs a cuidar de mim. Nunca fui lavado tão rapidamente como por aquele velhinho. Quando ele terminou, James veio conferir o serviço, desconfiado, mas reparou que tudo estava perfeito. Elogiou o trabalho.

— Poxa, pensei que eu e John éramos rápidos — disse James —, mas o senhor bate qualquer recorde.

— A prática faz a perfeição — respondeu o homem, coxeando um pouco. — São quarenta anos de serviço, senhor! Trabalho com cavalos desde os 12 e, como era franzino, fui jóquei durante muitos anos. Mas, nas corridas de Goodwood, meu pobre Esporinha caiu e quebrei o joelho. Naturalmente, tive de abandonar o esporte, porém jamais os cavalos...

James ficou muito satisfeito com o velhinho e retirou-se para descansar. Logo um segundo cavalariço entrou na cocheira com os cavalos de outros hóspedes, fumando um cachimbo.

— Towler — o velhinho dirigia-se ao que chegara —, suba pela escada até o celeiro e traga feno para os cavalos, está bem? Mas, antes disso, apague o cachimbo.

— Está bem — respondeu-lhe o rapaz.

Ouvi-o andar pelo celeiro, acima de nossas cabeças, e trazer o feno antes de trancar o galpão e sair.

Não me lembro se dormi por muito tempo, mas acordei sentindo um terrível mal-estar. O ar se tornara espesso e desagradável. Ouvi Ginger tossir e outros cavalos mexerem-se constantemente. Nada podia enxergar, porque o estábulo estava cheio de fumaça.

— Fogo! — ouvi alguém gritar do lado de fora no momento em que um clarão vermelho se refletiu nas paredes.

O empregado que trouxera o último cavalo entrou apressado, tentando tirar os animais, mas estava tão nervoso que nos assustou ainda mais. Então o velhinho apareceu, falando em voz calma, e conseguiu tirar um cavalo, depois outro... E eu? Ficaria preso ali até quando? O barulho sobre nossas cabeças era terrível e comecei a bufar e escoicear.

James apareceu.

— Vamos, Beleza! Está na hora de sair. — Ele me dava pancadinhas amistosas e encorajadoras.

Mas minhas pernas não me obedeciam. Olhava fixo para as labaredas e não conseguia me mexer. James então tirou o lenço do próprio pescoço e cobriu meus olhos. Ouvia sua voz calma e lentamente comecei a obedecer. Quando me viu a salvo no quintal, James retirou o lenço de meus olhos e gritou:

— Venha cá, alguém! Segurem este cavalo enquanto vou buscar outro.

Um homem alto e forte se aproximou e me segurou, enquanto James voltava para o estábulo. Soltei um relincho quando o vi se afastar; Ginger depois me disse que aquele relincho lhe salvou a vida, porque, se não tivesse me ouvido lá fora, jamais teria tido coragem de sair.

O pátio estava uma confusão de cavalos e gente. Ouvi a voz ansiosa do patrão chamando James, em meio a muita fumaça:

— James, meu rapaz, onde você está?

Nesse momento, escutamos o ruído de madeira quebrando... era o telhado do estábulo que se rompera com as chamas. Então James saiu do estábulo, tossindo violentamente e conduzindo Ginger pelo cabresto.

— Meu bravo rapaz! — exclamou o sr. Gordon. — Você está bem?

James balançou afirmativamente a cabeça, sem poder responder.

Saímos o mais depressa possível para a tranquila praça do mercado. As estrelas estavam brilhando e, exceto pelo local do incêndio, tudo estava quieto. Foi ali que passamos a noite, ouvindo ao longe o relincho dos pobres animais que não conseguiram escapar do incêndio e vendo as labaredas consumirem inteiramente o estábulo.

Na manhã seguinte, o patrão veio ver como estávamos e falar com James. Eu não podia ouvir muito bem, mas compreendi que o patrão estava contente com ele. A patroa estava tão alarmada com o incidente que a viagem fora transferida para o dia seguinte e, assim, o rapaz teve o dia de folga.

Se ainda havia alguma dúvida quanto à capacidade de James, foi totalmente afastada, depois da coragem e rapidez com que o ajudante trabalhou naquele incêndio. Ao final da viagem, o patrão o recomendou maravilhosamente para o trabalho com seu cunhado e ele se despediu de Birtwick com a fama, mais do que merecida, de ser capaz até de atitudes heroicas.

Foi uma pena me afastar de um humano tão bom, mas entendia que era para seu próprio bem. James se despediu do velho John e de nós com lágrimas nos olhos e ficamos sabendo que o garoto Joe Green, de 14 anos, seria o novo ajudante do cocheiro.

6
TEMPOS DIFÍCEIS

CERTA NOITE APÓS A partida de James, eu estava dormindo profundamente quando fui acordado pela campainha do estábulo, que tocava com insistência. Ouvi os passos apressados de John em direção à casa do amo e depois seu retorno, mais apressado ainda.

— Vamos, Beleza Negra, precisamos de você mais do que nunca.

Eu me vi arreado e selado em questão de minutos e logo o patrão nos trazia suas ordens:

— Corra como se fosse para salvar a sua própria vida, John. Não há tempo a perder. Entregue esse bilhete ao dr. White, deixe o cavalo descansar um pouco na hospedaria e volte o mais depressa que puder.

John obedeceu. Atravessamos a fazenda, a aldeia e a colina numa louca galopada. A estrada se estendia diante de nós, às margens do rio, e John me pediu:

— Vamos, Beleza, corra o mais que puder.

E assim eu o fiz, sem precisar de chicote ou de esporas. Voei pela estrada e creio que nem meu avô, campeão de Newmarket, seria capaz de me vencer naquela noite!

Em pouco tempo, John chegava à casa do médico e lhe entregava o bilhete. O doutor leu, desconsolado, e falou:

— Parece um caso grave, mas como posso ir até Birtwick? Meu cavalo está cansado demais e meu filho saiu com o outro...

— O senhor pode montar Beleza Negra, doutor. Ele veio a galope, mas creio que conseguirá aguentar o retorno...

— Estarei pronto em segundos — disse o médico, entrando na casa.

Logo ele voltava, com a maleta e o chicote.

— O senhor não precisará disso, doutor. Tenho certeza de que Beleza Negra entende a emergência e vai correr igual ao vento!

O médico era mais pesado que John, mas cumpri a missão. Nem

preciso dizer como foi dura aquela jornada! Quando finalmente avistamos Birtwick, pensei que desmaiaria de exaustão.

O patrão nos esperava à porta. Indicou o caminho ao doutor e eu fui com Joe repousar. Não havia um só pelo enxuto no meu corpo e o suor escorria por minhas pernas. Pobre Joe! Ele era jovem e pequeno e, além disso, estava iniciando na profissão. Fez o melhor que pôde: trouxe-me água, lavou-me as pernas, mas não me agasalhou — pensou que eu estava tão acalorado que não ia querer um abrigo. Deu-me comida e me deixou descansar...

Depois de poucos momentos, comecei a sentir um frio mortal. Minhas pernas doíam e tremiam demais, o peito doía... Oh, como desejei naquele instante ter o meu cobertor quentinho!

Não sei por quanto tempo fiquei assim, trêmulo e friorento, mas só quando John voltou é que cuidaram direito de mim. Ele me cobriu com dois ou três cobertores, tornou a me enxugar e me trouxe uma espécie de caldo para beber. O tempo todo, eu o ouvia lamentar:

— Menino estúpido! Não agasalhou o animal e ainda é capaz de ter dado água fria para ele! Meninos não servem para nada.

O pobre Joe choramingava e tentava ajudar, mas sei que nada havia feito com má intenção, só agiu por ignorância...

Adoeci gravemente. Aquela louca corrida afetou meus pulmões e eu sentia muitas dores para respirar. John cuidou de mim meticulosamente. Certa noite, percebi o patrão a meu lado, acariciando meu pelo e dizendo:

— Beleza Negra, meu valente animal! Salvou a vida de sua patroa...

Fiquei feliz em ouvir isso. Parece que, se tivéssemos demorado mais, não teria dado tempo de o doutor salvar a vida da sra. Gordon. Infelizmente, o preço da cura dela foi a minha saúde...

Não sei quanto tempo fiquei doente, mas o dr. Bond, o veterinário, vinha todos os dias fazer sangria e me passar remédios. Ginger e Merrylegs foram mudados para outros estábulos — a enfermidade me deixava muito sensível a ruídos e precisava repousar em total silêncio.

Foram tempos difíceis. Afinal, tanta dedicação teve sua recompensa. Devo reconhecer que o menino Joe Green foi dos mais devotados. Sentia-se culpado pela minha doença e se desdobrava em carinhos comigo. John o perdoou, e quando sarei totalmente, o menino estava apto a cumprir tarefas de mais responsabilidade. Acho que nunca se esquecerá de como cuidar de um cavalo suado e exausto depois de uma cavalgada!

7
A PARTIDA

PASSEI TRÊS ADORÁVEIS ANOS em Birtwick, mas era tempo de partir...

A patroa começou a adoecer cada vez mais constantemente e várias vezes precisei buscar o médico com urgência. O patrão se mostrava triste e preocupado e, afinal, soubemos que ela teria de se mudar para uma região mais quente, para um novo tratamento. Imediatamente, o sr. Gordon fez os preparativos para deixar a Inglaterra.

Era uma péssima notícia para nós, animais da fazenda. Eu e Ginger fomos vendidos ao conde de W., velho amigo do patrão, na esperança de que seríamos bem tratados. O pônei Merrylegs foi doado ao vigário, com a condição de que nunca seria vendido. Joe cuidaria dele, pois permaneceria na região. John recebera inúmeras ofertas de trabalho, mas ainda não se decidira por qual aceitar.

Na véspera da partida, o patrão veio ao estábulo. Parecia desanimado. Foi o que percebi em sua voz — nós, cavalos, podemos compreender a entonação de uma voz melhor do que qualquer humano.

— Já se decidiu por uma oferta de emprego, John? O que pretende fazer?

— Não sei se gostaria de continuar a serviço dos outros, patrão... Penso que poderia ser treinador de potros e cavalos novos. Muitos desses animais sofrem demais e acabam estragados se não tiverem um bom treinador.

— Seria ótimo se você pudesse se estabelecer por conta própria — disse o sr. Gordon. — Vou deixar o endereço de meu agente em Londres, escreva-me se precisar de ajuda ou de recomendação. Você é uma ótima pessoa e sempre se deu muito bem com os cavalos... Vai fazer uma bela ação ao treinar potros.

Os dois homens estavam comovidos. Despediram-se emocionados e, no dia seguinte, fizemos nossa última viagem juntos. Ginger e eu levamos a carruagem com o patrão, a patroa e a criada até a estação de trem. John conduziu o carro e o menino Joe fez questão de nos acompanhar.

A patroa subiu com dificuldade no vagão do trem e acenou para eles, dizendo:

— Adeus, John, Joe, que Deus os proteja!

Senti uma contração na rédea, mas nenhuma resposta. Talvez John não pudesse responder. Joe o ajudou com as malas e depois escondeu o rosto junto a nossas cabeças, para ocultar as lágrimas. Dois ou três minutos depois, as portas do trem se fechavam. O guarda apitou e o veículo desapareceu de nossas vistas, deixando atrás de si apenas nuvens de fumaça e corações entristecidos.

Segunda parte

1
EARLSHALL

O MEU NOVO LAR foi a herdade de Earlshall, onde morava o conde de W. Tudo era pelo menos três vezes maior do que na propriedade do sr. Gordon: a casa, os campos, os estábulos, a quantidade de empregados. Mas, se me permitem uma opinião equestre, era tudo também muito menos agradável...

John conduziu a mim e Ginger aos estábulos e procurou o sr. York, o chefe dos cocheiros, que logo apareceu e lhe ofereceu um refresco.

— Bem, sr. Manly — disse York, depois de nos examinar —, não vi nenhum defeito nesses cavalos. Mas, como os homens, os bichos também têm suas particularidades... Há algum detalhe que eu precise saber?

— Olhe, sr. York, duvido que haja uma parelha melhor que essa em todo o condado. O cavalo negro tem um gênio ótimo, mas a égua é um tanto rebelde. Parece que já foi maltratada... Porém, se forem tratados com carinho e de rédeas soltas, duvido que tenha qualquer problema com eles.

— Oh, sr. Manly, acho que já temos, sim, um problema. Aqui na herdade os cavalos só andam de rédeas curtas. O patrão até que não se importa muito, mas a madame é exigente a esse respeito. Quer que a carruagem saia com os cavalos de cabeça bem erguida, com o passo alto.

— Eles nunca foram tratados desse jeito... — John suspirou e passou a mão em minha cabeça. — Lamento, lamento muito... mas preciso ir, senão perderei o trem.

Fiz-lhe uma carícia com o focinho, única maneira que encontrei para dizer adeus. Então, ele partiu e nunca mais o vi.

— Rédeas curtas! — reclamou Ginger. — Você verá o que é isso, Beleza Negra. Eles que tentem... Se apertarem demais, não vou suportar. Volto a dar coices e morder, e azar de quem estiver na minha frente!

Pensei comigo mesmo que era um exagero de minha amiga. Afinal, o conde de W. tinha pagado um bom preço por nós. Não havia sentido em destruir seu investimento!

Realmente, o conde de W. se mostrou receptivo ao que John havia contado. Nos primeiros tempos, fomos atrelados sem muita diferença do que estávamos acostumados. Parece que a *lady* não gostou muito da ideia, mas fizemos alguns passeios sem que as rédeas fossem tão apertadas.

Isso nos primeiros tempos. Porque as rédeas começaram a ser mais e mais encurtadas... Entendi então as reclamações de Ginger. A cabeça era mantida reta e, mesmo que estivéssemos numa subida, não podíamos abaixá-la para conseguir impulso. Os músculos das coxas e pernas doíam horrivelmente e eu começava a salivar. Isso me tirava o ânimo.

Dia a dia, ponto por ponto, nossas rédeas foram encurtando. Comecei a detestar o momento em que me colocavam o arreio. Era duro, mas resolvi agir direito e cumprir meu dever, mesmo que ele parecesse mais um pesadelo do que um prazer. Só que o pior ainda não havia chegado...

Certo dia, a madame desceu mais tarde, o frufru da seda vindo mais forte que nunca pelas escadarias.

— York, vamos depressa à casa da duquesa de B. — disse ela. — E trate de erguer bem a cabeça desses cavalos, homem! Como posso chegar a uma festa com uma parelha desse jeito? Parece uma dupla de puxadores de carroça!

Quando York tentou apertar mais um furo nas rédeas, foi a gota-d'água para Ginger. Havia muito que ela aguentava a custo tamanho sufoco. Minha amiga empinou tão subitamente que machucou o nariz de York e quase atirou o lacaio da madame ao chão. Tentaram pedir ajuda, mas Ginger continuou enlouquecida, escoiceando de todo lado.

Súbito, senti uma forte pancada num dos flancos. Nesse instante, chegaram reforços e um homem cortou as cordas. Fui conduzido rapidamente para as cocheiras, a tempo ainda de ver Ginger debatendo-se no chão, segura por alguns empregados.

Momentos depois, York entrou nos estábulos, trazendo Ginger pelas rédeas. Minha amiga mancava e bufava e o homem também se mostrava um bocado irritado...

— Para o diabo com essas rédeas curtas! — disse ele para si mesmo. — Já esperava que mais cedo ou mais tarde ainda teríamos alguma desgraça. O patrão vai ficar um bocado aborrecido. Mas se o marido não pode governar sua mulher, menos ainda um empregado. Lavo minhas mãos se a madame vai perder a sua festa...

Isso ele dizia e reclamava, mas só junto de nós. Penso que York queria defender mais os cavalos, entretanto, diante dos patrões, o homem era quieto e respeitoso demais.

Tanto meus ferimentos como os de Ginger foram superficiais e logo sararam. Não fomos mais atrelados à carruagem da madame. George, um dos filhos mais jovens do conde, se engraçou com Ginger e quis a égua como companheira de caçada, achando que esse gênio rebelde se adequava ao esporte.

Quanto a mim... acabei virando o animal favorito de uma jovem muito especial.

2
LADY ANNE

NO COMEÇO DA PRIMAVERA, o conde de W. viajou a Londres com uma parte da família. George e sua irmã Anne ficaram na propriedade.

A jovem era uma ótima amazona, nunca saía de carruagem. Nos passeios com os irmãos ou com os primos preferia montar e eu era sempre o escolhido. Batizou-me com o nome de Vento Negro. Os rapazes prefeririam Ginger ou Lizzie, uma égua de temperamento ainda mais arisco do que minha amiga.

Certo dia, o cavalheiro hospedado no solar, que se chamava Blantyre, de tal modo elogiou a sua montaria que Anne sugeriu uma troca.

— Ora, você se cansou de seu bom Vento Negro? — perguntou ele.

— Adoro Vento Negro, mas sou bastante amável para deixar que você o experimente uma vez. Assim posso saber o que a encantadora Lizzie tem de especial, já que você a prefere...

Blantyre tentou fazê-la mudar de ideia, mas Anne não quis saber. Seguimos até a aldeia, uns dois quilômetros de distância, para levar um recado a um conhecido da família. Tudo corria bem. Blantyre apeou e disse:

— Não me demoro mais que cinco minutos. Não quer entrar?

— Oh, não se apresse — riu Anne. — Nem eu nem Lizzie fugiremos de você.

O jovem amarrou minhas rédeas numa das estacas e entrou. Anne ficou sobre a sela, cantarolando. Minha patroa deixara a égua à vontade, sem prender as rédeas. Nesse momento, um grupo de potros passou pela estrada. Eram jovens e turbulentos e um menino os espantava com um chicote. Um deles, creio que por brincadeira, mordiscou as canelas de Lizzie. Não sei se foi isso ou o zunido do chicote, mas a égua se espantou. Deu um violento coice e disparou a galope.

Tudo foi tão rápido que Anne mal teve tempo de se ajeitar na sela. Relinchei alto, dando o aviso e logo Blantyre aparecia à porta. Percebeu o risco que minha patroa corria e, num instante, pulou à sela. Não precisei de chicote ou espora, pois estava tão ansioso como meu cavaleiro. Ele o percebeu e, deixando as rédeas livres, inclinou-se um pouco para a frente e precipitamo-nos atrás de Lizzie.

Por uns dois quilômetros, a estrada seguia reta e depois se bifurcava. Muito antes de chegarmos à curva, Anne estava fora de nosso alcance. Vimos uma mulher à beira da estrada.

— Para que lado foi o cavalo? — perguntou Blantyre.

— Para a direita! — a mulher apontou.

Partimos imediatamente, e por um instante conseguimos vislumbrá-la. Seu vestido esvoaçante agitava-se de todo lado e logo *lady* Anne sumia de novo na estrada. Várias vezes tornamos a vê-la e perdê-la de vista.

— Para o pasto, senhor, ela dobrou ali! — gritou um velho, avisando-nos.

Conhecia aquele pasto. Era um terreno desigual, coberto de moitas e espinheiros. Imaginei que o terreno irregular forçaria Lizzie a diminuir o ritmo, então tratei de correr o mais rápido possível, antes que chegassem ali.

Enquanto estávamos na estrada real, Blantyre me deixara de rédeas livres. Mas agora, com mão leve e olho experiente, guiava-me no terreno irregular. Quase a meio caminho do pasto, havia um fosso aberto recentemente, com a terra retirada das escavações amontoada ao lado. Pensei que nesse momento Lizzie teria de parar, mas qual! Vimos a égua tomar impulso e pular o obstáculo. Sem completar o salto, Lizzie tropeçou e caiu. Blantyre gritou:

— Agora, Vento, faça o que puder!

Preparei-me e, com um pulo adequado, ultrapassei a barreira. Estanquei ao lado da minha jovem patroa, desmaiada. Blantyre ajoelhou-se a seu lado e lhe virou o rosto para cima. Estava mortalmente pálido.

— Anne, querida, fale!

A pequena distância de nós havia dois homens que, ao verem Lizzie correr sem cavaleiro, largaram o trabalho para saber o que tinha acontecido.

— Você sabe montar? — perguntou Blantyre a um deles.

— Um pouco, senhor... — respondeu o homem.

— Então suba em Vento Negro e corra até a casa do doutor. Peça que venha imediatamente. Diga que mandem uma carruagem e a criada de *lady* Anne. Esperarei aqui.

O homem montou desajeitado em minhas costas e tratei de seguir o mais rápido que pude, sem derrubá-lo. Logo estávamos na estrada real e demos o recado a outras pessoas, que localizaram o médico.

Foram horas de grande tumulto na herdade. Conduziram-me para os estábulos e enviaram Ginger para localizar *lord* George. Ouvi barulho de carruagem, vozes estranhas, um tumulto generalizado...

Já de noite, quando Ginger retornou, contou-me os detalhes finais. Disse que o irmão de Anne ainda a encontrou muito abatida, mas já desperta. O médico confirmou que nada tinha se quebrado.

Fiquei muito aliviado em saber que minha patroa estava bem. E mais feliz ainda fiquei quando, alguns dias depois, George e Blantyre me fizeram uma visita. O rapaz me elogiou bastante, dizendo que eu compreendera tão bem quanto ele o perigo em que Anne se encontrava.

— Mesmo se quisesse, não poderia brecá-lo — disse Blantyre. — Anne nunca mais deve montar outro cavalo. Vento Negro deveria ser a sua montaria para a vida toda.

Ah, como me senti esperançoso com essas palavras! Naquele momento, acreditei que o destino me sorria e que teria uma vida feliz.

3
A TRAGÉDIA DE SMITH

ENQUANTO TUDO ISSO ACONTECIA na herdade, e York também estava em Londres com os patrões, os estábulos estavam sob o encargo de Reuben Smith. Ninguém poderia entender mais do ofício do que ele: cuidava de um cavalo ferido melhor que qualquer veterinário e conduziria uma carruagem de olhos fechados. Mas...

Tinha um defeito terrível: o vício da bebida. Não que fosse um ébrio em tempo integral; permanecia sóbrio por semanas e até meses, mas de repente tomava uma bebedeira tão feroz que se tornava uma desgraça para si próprio, tristeza para sua mulher e terror para os seis filhos menores. Por esse motivo, tinha sido despedido pelo conde; entretanto, por insistência de York, deram-lhe nova chance e agora estava mais uma vez à frente dos estábulos.

Blantyre precisava voltar para a capital e o cabriolé necessitava de consertos, então coube a Reuben Smith conduzir o rapaz até a estação de trem e deixar a carruagem no conserto, voltando a Earlshall no meu lombo.

Tudo parecia bem. Blantyre despediu-se de nós e partiu no trem; Smith foi acertar o conserto e me largou na estalagem, pedindo que me alimentassem. Partiríamos às quatro da tarde.

Não foi bem assim. Smith voltou depois das cinco horas, dizendo ter encontrado velhos camaradas e que partiria mais à noite. O estalajadeiro ainda avisou que tinha um cravo solto na minha ferradura, e talvez fosse o caso de providenciar um ferreiro, mas Smith foi intransigente. Com a voz já meio engrolada, resmungou:

— Ah, o cavalo aguenta bem até Earlshall, pode deixar.

Era noite alta quando Smith voltou. Veio praguejando e falando rouco. O dono da estalagem ainda recomendou cautela, porém ouviu um palavrão.

Que viagem terrível! Antes mesmo de sairmos da cidade, começamos a galopar. Smith usava o chicote sem dó nem piedade e sem o menor motivo. A estrada estava pedregosa, pois lhe haviam feito reparos recentemente. Como ia a galope, minha ferradura acabou se soltando. Se Smith estivesse sóbrio, perceberia que havia algo de errado em meus passos. No seu estado de embriaguez, contudo, acelerava ainda mais o galope, usando o chicote e soltando pragas grosseiras.

Nenhum cavalo poderia aguentar aquela marcha em tais circunstâncias. A dor era grande demais! Tropecei e caí violentamente sobre os dois joelhos. Smith voou com a minha queda e, dada a velocidade em que íamos, deve ter batido com muita força no chão. Levantei-me imediatamente e procurei a margem, onde não havia pedras. Fiquei observando e escutando. Era uma noite suave e calma de abril. Não havia outros ruídos a não ser o canto de algum rouxinol ou folhas se movendo nas árvores. O corpo de Smith quedava imóvel a alguns passos de mim e só me restava esperar...

Pela meia-noite, ouvi, a distância, o som de patas de um cavalo. Quando o ruído aumentou um pouco, reconheci as passadas de Ginger. Relinchei e alegrei-me ao ouvir o relincho dela de resposta, além das vozes de vários homens da herdade. Eles estranharam a demora de Reuben e vieram a sua procura.

— É ele — disse um dos homens, ajoelhando-se ao lado do corpo na estrada. — É Smith... Está morto!

Outro homem também se ajoelhou e deu um suspiro.

— Tenho pena da esposa dele. Coitada... veio me procurar, tão desconsolada...

Vieram então em meu socorro. Logo perceberam meus joelhos e cascos feridos.

— Pudera Vento Negro ter caído! Olhem só essa ferradura! Smith devia mesmo estar embriagado para continuar cavalgando com o cavalo neste estado...

Meu retorno foi bem difícil. Foi preciso toda a paciência dos homens e coragem da minha parte para caminhar os cinco quilômetros até Earlshall. Nos dias seguintes, o veterinário usou de cataplasmas e remédios e disse que por sorte meus joelhos não tinham se rompido. De todo modo, seria uma convalescença penosa, e fui encaminhado para um prado fora da herdade.

4
TEMPO DE CONVALESCER

O LUGAR ONDE FIQUEI era confortável. Mas, embora o pasto tivesse boa grama e houvesse espaço livre para trotar, sentia-me muito solitário. Tinha me acostumado à grande quantidade de cavalos da herdade.

Muitas vezes, ao ouvir ruído de cavalos na estrada, eu relinchava e raramente obtinha resposta, até que certa manhã o portão foi aberto, e quem entrou lá senão minha velha e querida amiga Ginger?!

Com um alegre relincho, trotei em sua direção. Porém, logo percebi que nosso reencontro não era prazeroso; na verdade, ela também estava naquele lugar de "resguardo" por se encontrar em estado tão mau quanto o meu...

George era impetuoso e não aceitava conselhos. Era mau cavaleiro e queria caçar e praticar esportes a seu prazer, sem se preocupar com o cavalo. Alguns dias antes, resolvera tomar parte em uma corrida e, mesmo com o empregado dizendo que Ginger estava fora de forma, quis usá-la na competição.

Resultado: minha amiga esforçou-se ao máximo, chegando entre os três primeiros colocados, mas esse sacrifício acabou com seus pulmões.

— E aqui estamos nós — falou Ginger —, inutilizados na flor da idade! Você por um bêbado e eu por um louco. É muito triste.

Sentíamos em nossos íntimos que não éramos mais os mesmos, mas isso não nos tirou o prazer do reencontro. Podíamos não mais galopar juntos, no entanto, comíamos e dormíamos com nossas cabeças encostadas e descansávamos muitas horas à sombra das árvores. Assim passamos o tempo até a volta da família.

Certo dia, o conde entrou naquele estábulo em companhia de York. Examinou-nos cuidadosamente e parecia bem aborrecido.

— Que pena! — disse ele. — Dois excelentes animais, arruinados. Trezentas libras desperdiçadas. Mas o que mais me dói é que eram cavalos do meu bom amigo, que tanto os elogiou... E agora, York? A égua ainda pode aguentar um ano no pasto, mas e o negro? Tem de ser vendido. Não posso ter um cavalo com esses joelhos em meu estábulo.

— Concordo, senhor — disse York. — Entretanto, podemos achar um lugar para ele, onde a aparência não seja tão importante. Conheço um homem em Bath que tem estábulos de aluguel. Frequentemente ele procura um bom cavalo a preço reduzido. Sei que ele cuida bem de seus animais.

— Então pode lhe escrever. Estou mais interessado em saber que Vento Negro irá para um bom lugar do que no dinheiro que possa me render.

Tive pouco tempo para me despedir de Ginger. Uma semana mais tarde, fui comprado pelo dono dos estábulos de aluguel e segui de trem para uma grande cidade.

Foi uma estranha experiência andar de trem. Eu os via no prado, a distância, e, quando era um potro, tinha medo, pensava que eram monstros... Depois vi que os homens entravam e saíam deles sem correr riscos.

Assim foi comigo. Depois que percebi que nem o chiado, nem os bufos e nem o trepidar do trem me fariam mal, acalmei-me e aceitei meu novo destino.

Terceira parte

1

UM CAVALO DE ALUGUEL

ATÉ ENTÃO EU HAVIA sido conduzido por pessoas que pelo menos sabiam dirigir. Mas, como cavalo alugado, tinha de conviver com toda espécie de condutores ignorantes ou maus.

Os condutores "rédea-apertada" vivem falando em manter a mão firme, como se um cavalo não pudesse se manter de pé sozinho, sem a presença humana.

Os "rédea-frouxa" deixam o animal à sua sorte e são incapazes de dar qualquer direção se surgir um imprevisto, como alguém atravessar a rua sem atenção ou a necessidade de uma parada brusca. É desastre na certa!

Já o estilo "máquina a vapor" é próprio de pessoas da cidade, que não têm cavalo e só andam de trem. Esse tipo de condutor nem imagina que cavalo é um ser vivo; colocam a quantidade de carga que lhes convier sobre o animal e acham que ele tem obrigação de carregá-la! Esquecem de dar alimento e descanso e, se o bicho adoecer, ainda são capazes de se indignar com a audácia da sua "reação"!

Francamente, acho esse tipo o pior de todos. Prefiro andar trinta quilômetros nas mãos de um bom condutor do que quinze nas de um desse tipo.

Nos tempos em que servi como cavalo de aluguel, descobri todo tipo de gente. Enfrentei uma vez um homem tão mal informado que quase me aleijou!

As ruas de Bath passaram por consertos e muitas pedras ainda estavam soltas. Meu condutor, um homem tolo com a mulher e duas crianças, alugou-me para um passeio. Usou o chicote sem necessidade e, como vinha conversando e rindo com a família, nem reparou que eu passava pelo pior pedaço do caminho. Uma pedra solta entrou na minha pata, entre a pele e a ferradura, e comecei a mancar.

— Ora essa! Eles nos deram um cavalo cocho! — o homem reclamou com a esposa.

Então puxou as rédeas e vibrou o chicote, dizendo:

— Vamos, não adianta bancar o velho soldado comigo. Tem um caminho a andar e não adianta ficar coxo ou preguiçoso.

Ainda bem que por ali passou um velho fazendeiro e, erguendo minha pata, retirou a pedra e a apresentou ao "condutor".

— Poxa! Nunca pensei que cavalos apanhassem pedras desse jeito...

— Pois foi uma sorte o cavalo não ter caído nem quebrado os joelhos!

Era esse tipo de gente que me alugava. Não morri nem sofri um acidente mais grave apenas por sorte ou por bondade divina...

Mas a sorte também me sorriu. Certo dia fui contratado por um rapaz que pediu ao condutor que soltasse as rédeas e me fizesse andar com meus melhores passos.

Percebi que transportava alguém que conhecia cavalos e fiz o melhor que pude. Ao final da corrida, o cavalheiro insistiu junto a meu patrão para que me vendesse a um amigo seu, que precisava de montaria dócil e segura.

Assim, naquele verão, fui vendido ao sr. Barry.

2
UM LADRÃO E UM EMBRULHÃO

MEU NOVO DONO ERA solteiro e morava em Bath. Tinha muitos negócios e o médico o aconselhara a fazer exercícios de montaria. Para isso eu fui comprado. Pouquíssimo entendia de cavalos, mas tinha boas intenções.

Contratou um homem, um tal de Filcher, para cuidar de mim. Deu-lhe ordens de me alimentar com tudo do melhor — feno, centeio, ervilhas, tudo o que um cavalo necessita. Pensei que isso aconteceria e fiquei feliz em ser tão bem cuidado no meu novo lar.

Realmente, as coisas correram bem por alguns dias. O empregado conhecia seu ofício, mantinha o estábulo limpo e arejado. Tinha trabalhado em grandes hotéis de Bath. Mas, além de cuidar de mim, ajudava a mulher, que vendia frutas e legumes no mercado e engordava coelhos e aves domésticas para vender. Explico isso para que se entenda o que aconteceu com minha fartura de alimento.

Não demorou muito para que a aveia começasse a diminuir e a que vinha era bem misturada com farelo. Por dois meses, comi menos de um quarto do que deveria. Isso começou a abalar meu temperamento. Só capim não sustenta um cavalo! Entretanto, não podia me queixar. Muito me admirava que o patrão não desconfiasse do que acontecia, porém o sr. Barry era muito ocupado.

Uma tarde, ele visitou um amigo fazendeiro, que lhe abriu os olhos.

— O que tem o seu cavalo, Barry? Parece que não apresenta tão bom aspecto como da última vez que o vi.

— Oh, creio que não é tão esperto como antes. Filcher diz que os cavalos ficam assim mesmo no outono.

— Outono? Ora, mas ainda estamos em agosto. Que alimento você lhe dá?

Meu patrão disse e o fazendeiro desconfiou.

— Não sei quem come o seu grão, meu amigo, mas duvido que seja esse cavalo... Você costuma galopar?

— Não, eu ando sempre devagar.

O fazendeiro iniciou uma meticulosa investigação.

— Coloque a mão aqui, Barry — disse ele, apontando a magreza de meu pescoço e de minhas costelas. — Aconselho-o a visitar mais o seu estábulo. Detesto ser desconfiado, mas abra os olhos. Existem velhacos bastante perversos para roubar o alimento de um pobre animal.

Sim, somos pobres animais! Se eu pudesse falar, teria dito ao meu patrão aonde ia a sua aveia. Mal o sr. Barry saía, o velhaco do Filcher entrava no estábulo com um menino conduzindo uma sacola. Dirigiam-se aos caixotes de aveia e o garoto saía dali com a cesta lotada. Dia após dia, era o que acontecia.

Certa manhã, no momento em que o menino saía do estábulo, a porta foi empurrada com violência e entrou um policial. Uma breve investigação confirmou as suspeitas do amigo de meu patrão.

Filcher e o garoto foram para a delegacia. Fiquei sabendo depois que o menino fora liberado, mas Filcher pegou dois meses de prisão.

Depois dessa desastrosa experiência, meu patrão procurou ser mais cauteloso e contratou um homem alto e de boa aparência. Seu nome era Alfredo Smirk e, se houve algum dia um embusteiro maior no que se refere a trabalho, era esse fulano.

Não que Smirk me maltratasse ou roubasse o patrão no que se referia aos alimentos. Ele o roubava realmente era no trabalho! Na frente do sr. Barry, elogiava-me e até me dava palmadinhas carinhosas. Era o dono virar as costas, que Smirk largava de lado qualquer tarefa. Nunca me escovava ou limpava meus cascos. Lustrava apenas os lugares visíveis e deixava o freio se cobrir de ferrugem e meu rabicho endurecer de sujeira.

Preocupava-se mesmo era com a sua aparência. Passava horas diante de um pequeno espelho, cuidando do cabelo e da gravata. Se o patrão lhe dirigia a palavra, só respondia com delicadeza "sim, patrão", "pois não, patrão", tocando no chapéu com aparência de falsa educação.

O patrão estava feliz da vida com ele, mas juro que jamais conheci indivíduo mais preguiçoso e ridículo do que esse. A palha jamais era trocada e Smirk nunca me exercitava. Aos poucos, fui ficando com as patas rígidas e o estábulo cheirava mal.

— Diga-me, Smirk — disse o patrão certo dia. — O cheiro do estábulo está bem desagradável... Não era o caso de lavar esse chão com bastante água?

— Bem, senhor — disse ele, tocando o boné. — Se o senhor ordena, eu assim o farei, mas acho perigoso jogar água no alojamento dos animais. Eles costumam se resfriar com facilidade.

E nada era feito.

Além de vaidoso e preguiçoso, o tal Smirk era também ignorante. Não roubava minha aveia, mas não sabia balancear uma ração. Então eu comia mal, morava num lugar inadequado e vivia sujo. Só podia me sentir mal-humorado e infeliz.

Certa vez, o sr. Barry trotava comigo pela rua quando dei dois tropeções tão sérios que o patrão resolveu ir direto comigo para o ferreiro. O homem examinou minhas patas e disse:

— Seu cavalo tem frieiras e estão bem ruins. As patas estão muito sensíveis. É uma sorte ainda não ter caído. Admira-me que o tratador não tenha percebido isso. É sinal de que a cocheira não está bem cuidada. Traga o cavalo amanhã que vou aplicar um linimento.

Comecei então um tratamento. O ferreiro sugeriu também que a palha fosse trocada diariamente e que eu comesse uma mistura de farelos, grãos e farinha. Desse modo, logo recuperava a saúde e vitalidade, mas o sr. Barry tinha ficado de tal maneira preocupado em ser enganado duas vezes pelos empregados que desistiu da ideia de ter um cavalo.

Esperou apenas que eu sarasse de vez e me colocou à venda.

3
FEIRA DE CAVALOS

PARA QUEM NADA TEM a perder, uma feira de cavalos é sem dúvida um lugar divertido. Há muito o que se ver...

Há longas filas de potros recém-chegados do campo. Multidões de pôneis de Gales, tão semelhantes a Merrylegs. Centenas de cavalos de sela de todo tipo. Alguns iguais a mim, elegantes e bem-educados, mas que decaíram para a classe média por enfermidade ou acidente. Também existem aqueles animais esplêndidos, esticando as pernas e correndo ao lado dos tratadores, com a maior classe. Assim como os infelizes, dobrados pelo trabalho excessivo, mais merecedores de uma morte piedosa do que de uma revenda que signifique ainda mais trabalho. Enfim, um universo concentrado em algumas ruas, retrato do convívio entre cavalos e humanos.

Por todo lado se regateava, discutia-se preço, exibiam-se qualidades, vantagens ou defeitos. Se alguém pudesse entender minhas palavras, ouviria de mim o depoimento de que jamais encontrei tantos mentirosos reunidos num só lugar quanto ali, naquela feira de cavalos.

Fui colocado ao lado de dois ou três cavalos fortes e de bom aspecto, e muita gente veio ver-nos. Os cavalheiros sempre se afastavam de mim quando viam meus joelhos feridos, embora o dono do estábulo jurasse que era só um escorregão sem importância.

Afinal, dois compradores fizeram uma oferta. Um deles era um homem antipático, de voz rouca e modos rudes; o outro tinha olhos cinzentos e me falou de maneira delicada. Não cheirava a álcool e parecia entender bem de cavalos. Quando disseram o meu preço, 23 libras, ambos se afastaram.

Para minha sorte, porém, o homem de olhos cinzentos retornou e me arrematou. Seguiu comigo até uma estalagem, onde deixara uma sela e arreios. Deu-me água e ração antes de me conduzir por ruas agradáveis e bairros rurais, até chegarmos à grande estrada de Londres. À noite, na hora em que os lampiões eram acesos, chegávamos à cidade.

— Boa noite, Governador — disse o homem que me comprara.

— Boa noite, Jerry — respondeu um homem à janela de um posto de carruagens. — Conseguiu um bom animal?

— Creio que sim, Governador.

— Desejo boa sorte com ele.

Continuamos. Pegamos uma das ruas laterais e logo chegávamos a uma estreita rua de casas modestas de um lado, e o que parecia ser um estábulo do outro. Meu novo patrão parou diante de uma dessas casas e assobiou. Uma jovem mulher correu a abrir a porta, seguida por uma menina.

— Ele é bonzinho, papai? — perguntou a garota, acariciando meus flancos, sem receio.

— Sim, querida... como os seus gatinhos.

— Vou trazer a escova e uma ração de aveia — disse a mulher.

Fui conduzido então a um alojamento confortável, limpo e cheiroso, com boa quantidade de palha seca. Depois da ceia farta, deitei-me, pensando que novamente poderia ser feliz.

4
NOVO LAR, NOVO TRABALHO

O NOME DESSE MEU novo patrão era Jeremiah Barker, mas todos o chamavam de Jerry. Morava em uma daquelas casas com a esposa, Polly, a filha Dolly, de 8 anos, e o filho Harry, de 12 anos. Nunca vi família tão unida e feliz.

No dia seguinte à minha chegada, Polly me trouxe um pedaço de maçã e Dolly, um naco de pão. Foram tão gentis e carinhosas que fizeram com que me sentisse o velho Beleza Negra de outrora.

— Que nome iremos lhe dar? — perguntou meu dono à sua esposa.

— Vamos chamá-lo de Jack, igual ao outro?

— Sim, gosto de conservar um bom nome.

Meu novo dono me atrelou de maneira simples e direta, nada de rédeas curtas nem freios apertados. Seguimos pela rua lateral e logo estávamos no grande posto de carruagens, lotado de condutores e cavalos de todos os tipos. Seus colegas de serviço vieram me conhecer e um deles, depois de investigar meus joelhos, ironizou:

— Bom cavalo para um funeral.

Nisso se aproximou um homem de rosto largo, vestindo um grande casaco cinzento e com cabelos da mesma cor. Impunha autoridade, apesar do jeito bonachão; os outros se afastaram para que ele me observasse. Seu nome era Grant, mas o chamavam de Governador Grant. Era o mais antigo naquele posto e respeitado como o chefe do estacionamento de carros, que resolvia as pendências e cuja opinião era sempre respeitada.

Depois de olhar meticulosamente meus dentes, cascos e flancos, Grant disse, com um grunhido:

— É exatamente do que precisa, Jerry. Não importa o que pagou por ele. Valeu o preço.

Os demais condutores aceitaram aquela opinião como resposta final e foram cuidar de suas vidas.

Minha primeira semana como cavalo de carruagem de aluguel foi de experiência. Nunca tinha estado em Londres, e o barulho, a pressa, a multidão de pessoas e cavalos me deixavam nervoso e irritado. O patrão parecia entender isso e não me apressou. Era ótimo cocheiro e sabia que a confiança entre condutor e animais era essencial para prestar um bom serviço.

Jerry tinha um cabriolé de sua propriedade para dois cavalos, que ele mesmo guiava e tratava. Meu colega de sela chamava-se Captain. Já estava velho, mas na sua mocidade devia ter sido esplêndido, pois ainda conservava o jeito altivo de trotar e de levantar o pescoço.

Dei-me muito bem com aquele colega de parelha. Ele era generoso em me passar seus conhecimentos das ruas e nunca se mostrava irritado quando eu tropeçava ou diminuía o ritmo. Não era mesquinho na hora das refeições nem disputava o espaço das cocheiras. Dividíamos irmãmente os aposentos e a comida. Além disso, como o patrão se recusava a trabalhar aos domingos, podíamos compartilhar prazerosamente esse tempo de descanso.

Foi num desses domingos que Captain me contou sua experiência bélica. Antes de ser vendido para Jerry, ele tinha servido a um oficial de cavalaria na Guerra da Crimeia. Costumava ficar à frente do regimento e presenciou muitas batalhas...

5
UM CAVALO NA GUERRA

DESDE O COMEÇO, CAPTAIN fora domesticado e treinado para cavalo de guerra. Seu primeiro dono tinha sido um oficial de cavalaria que se alistou para a Guerra da Crimeia. Ele me disse que gostou muito do treinamento, trotando com os outros cavalos, fazendo juntos a volta, direita ou esquerda, detendo-se diante da voz de comando ou galopando ao sinal da corneta. A vida no exército lhe parecia muito agradável. Isso até ter de seguir para a frente de batalha em um grande navio.

— Viajar num navio é uma coisa horrível para um cavalo — disse-me ele. — Não podíamos ficar andando pelo convés e era muito fácil escorregar com os solavancos do tombadilho. Tivemos então de ser acorrentados e mantidos em pequenos e abafados cubículos. Durante muito tempo, não pudemos ver o céu nem esticar as pernas. Afinal, quando chegamos em terra, fomos içados no ar para sair do tombadilho e, oh!, que grande alívio quando pudemos sentir novamente terra firme sob nossos cascos! Porém, logo descobrimos que estávamos em um lugar bem diferente de nosso país. Então seguimos para a frente de batalha. O som da trombeta e dos tiros não me incomodava; na verdade, até achava excitante o clima de euforia antes das batalhas.

— Mas e a guerra mesmo como era? — insisti.

— Acho que nenhum de nós tinha medo, ao sentir nosso cavaleiro firme na sela e sua mão decidida nas rédeas. Nem quando as terríveis bombas explodiam sobre nossas cabeças! Eu e meu nobre patrão entramos juntos em numerosos combates e saímos sem um arranhão. Embora visse muitos cavalos feridos por golpes de sabre ou rasgados por lanças e tivesse de deixar os mortos e moribundos no campo, nunca receei por mim. A voz calorosa de meu senhor, enquanto encorajava seus homens, dava-me a sensação de que jamais seríamos atingidos. Confiava inteiramente nele! Jamais senti medo, até aquele dia terrível.

Captain fez uma pausa e suspirou. Esperei que ele prosseguisse.

— Foi um dia de ataque violento. Nunca estive sob fogo cruzado de tamanho impacto. À direita e à esquerda, bombas e tiros caíam sobre nós. Muitos bravos tombaram; muitos cavalos se assustaram e lançaram seus cavaleiros ao solo, fugindo apavorados. Meu patrão, meu querido patrão, procurava entusiasmar seus companheiros com o braço erguido quando uma bala, sibilando junto a minha cabeça, atingiu-o. Senti que ele vacilava com o choque, embora não o ouvisse gritar. Tentei diminuir a velocidade, mas a espada lhe caiu da mão direita, a rédea saiu da sua mão esquerda e ele pendeu para trás da sela. Tombou ao chão. Com o ímpeto dos demais cavaleiros, fui levado para longe do lugar onde ele caiu. Queria ficar do seu lado e não deixar que as patas dos outros cavalos o pisassem. Mas foi inútil. E então, sem dono e sem amigo, fiquei sozinho naquele campo de extermínio. Tive medo. Tentei emparelhar com nossa cavalaria e um homem, cujo cavalo tinha se ferido, pegou minhas rédeas. Com o novo cavaleiro, voltamos a atacar. Mas os canhões reiniciaram a fuzilaria e ele precisou retroceder. Passávamos pelos campos onde jaziam homens estraçalhados e animais tão feridos que formavam poças de sangue... Depois da batalha, os homens feridos foram levados e os mortos enterrados.

— E os cavalos? O que aconteceu com os cavalos feridos? — perguntei.

— Os ferradores do exército iam ao campo e matavam os animais que estivessem por demais feridos. Os que tinham ferimentos leves eram recolhidos e tratados. Tive sorte, não recebi nem sequer um arranhão. Mas, no estábulo em que eu estava, dos quatro cavalos que saíram naquela manhã, apenas um retornou. Creio que o mesmo aconteceu com os soldados. Nunca mais vi meu querido patrão. Acredito que tenha morrido na batalha. Quando a guerra acabou, fui de novo embarcado e voltei à Inglaterra.

— Tenho ouvido falar da guerra como algo muito belo — eu disse.

— Creio que quem fala isso nunca foi a uma batalha de verdade...

— Certamente! O exército e a cavalaria são magníficos se estão num exercício ou numa parada. Mas quem já presenciou um campo de batalha fedendo a pólvora e repleto de cadáveres e gritos de feridos não pensa do mesmo modo.

— Afinal, você sabe por que combateram?

Captain pensou um pouco e concluiu:
— Não tenho ideia. Creio, porém, que o inimigo devia ser tremendamente perverso, já que atravessamos um oceano para destruí-lo.

6
NAS RUAS DE LONDRES

QUEM TRABALHA OFERECENDO VIAGEM de aluguel nas ruas encontra todo tipo de gente. Mas devo confessar que meu patrão Jerry Barker não se sujeitava — nem a seus animais — a qualquer coisa só pelo dinheiro. Nunca vi homem tão correto como ele!

Certa vez, dois homens mal-encarados ofereceram uma boa gorjeta para ele "esfolar os animais na corrida", para que pegassem o trem no horário. Pois Jerry recusou, dizendo que não havia gorjeta que o fizesse maltratar seus animais.

Em outra ocasião, o patrão acabava de me atrelar para o serviço quando foi procurado por um cavalheiro distinto.

— Sr. Barker, queria combinar com o senhor para todo domingo levar a sra. Briggs à igreja. Ela sempre aluga o seu coche e prefere ter um serviço regular.

O homem oferecia uma boa soma, mas o patrão pensou um pouco e respondeu:

— Desculpe, mas terei de recusar. Tenho licença de trabalhar uma semana de seis dias e o domingo é um dia sagrado, de descanso para homens e animais.

— Isso é uma pena! — respondeu o cavalheiro. — A sra. Briggs já contava com o seu serviço. Terei de procurar outro cocheiro.

Depois que ele saiu, Jerry procurou a esposa e contou da proposta.

— O que acha, Polly? Será que fiz bem?

— Muito bem, querido. Um homem não vive só para trabalhar. O serviço religioso dominical é importante para a alma. Lamento apenas que talvez a sra. Briggs não entenda a recusa e desista de procurá-lo, mesmo em outros dias.

— Paciência — respondeu o patrão. — Que seja feita a vontade do Senhor.

Parece, porém, que o Senhor recompensa os que creem Nele. Algum tempo depois, tivemos novas notícias da sra. Briggs, que continuou procurando o coche do patrão em todas as demais corridas, afora domingo.

Em outra ocasião, estávamos a serviço de um cavalheiro idoso, que tinha negócios no centro. Já esperávamos havia algum tempo diante de uma loja da rua R. Logo adiante estava um belo carro, com uma parelha elegante, que já se encontrava ali no momento de nossa chegada. Provavelmente, os belos cavalos esperavam havia muito mais tempo do que nós e se movimentaram um pouco. Foi o que bastou para o condutor sair da loja e meter o chicote brutalmente em seus animais.

O senhor idoso a quem servíamos não suportou a cena. Atravessou rapidamente a rua e disse, com voz decidida, para o cocheiro:

— Se você não parar agora mesmo com isso, darei queixa contra você por ter abandonado os cavalos e por conduta brutal.

O homem, que evidentemente estivera bebendo, respondeu em linguagem grosseira e subiu no carro. Nosso cliente tirou uma caderneta do paletó e anotou o endereço do espancador, que saiu em seguida.

— O que vai fazer com esse endereço, Wright? — perguntou-lhe um amigo seu. — Já não tem muito que fazer com seus próprios negócios para cuidar dos dos outros?

Nosso cliente ficou calado um instante e depois, levantando a cabeça, disse:

— Sabe por que esse mundo é tão mal? Porque as pessoas só pensam nos seus próprios negócios e não se preocupam em defender os oprimidos nem esclarecer os que erram. Nunca pude ver uma coisa malfeita sem tentar corrigi-la.

— Gostaria que tivesse mais gente como o senhor na cidade — disse Jerry.

Continuamos nossa viagem e, quando o senhor idoso desceu da nossa carruagem, despediu-se dizendo:

— Minha doutrina é a seguinte: se nada fazemos para impedir a crueldade e o erro, também nos tornamos culpados ou responsáveis.

7
POBRE GINGER

POSSO DIZER QUE NESSA época eu era muito feliz como cavalo de carro de aluguel, mas tenho de reconhecer que era uma exceção. O patrão era ótima pessoa, consciencioso e honesto, mas nem todos os condutores agiam assim. Lembro-me em especial de um, apelidado Sam, o Maltrapilho, que chegou certo dia na central de carruagens com um cavalo tão estropiado que ouviu a seguinte observação do Governador:

— Você e seu cavalo parecem mais próprios para o quartel policial do que para este estacionamento.

O homem jogou seu manto esfarrapado sobre o cavalo e se voltou para o Governador com uma voz de desespero:

— Se a polícia tem alguma coisa com isso, deveria é prender os donos das carruagens, que nos cobram dezoito xelins por dia, sem nenhuma regalia... Se não me mato de trabalhar aceitando qualquer carga e não faço o mesmo com os cavalos, como poderei viver?

O Governador não respondeu. Era verdade. Havia condutores privilegiados, como meu amo, que eram donos dos animais e carros e podiam disciplinar a profissão. Coitados daqueles que apenas prestavam serviço e se sujeitavam a tabelas tão absurdas! E coitados de seus animais...

Certo dia, vi um cavaleiro desse tipo, conduzindo uma égua castanha tão estropiada que jamais a reconheceria. Foi ela que me dirigiu a palavra:

— Beleza Negra, é você?

Era Ginger! Mas como estava mudada! O pescoço arqueado e lustroso estava agora reto, magro e caído. As pernas limpas e elegantes estavam inchadas. Seu rosto, que revelava antigamente tanto ânimo e vigor, era uma máscara de conformismo e tristeza.

Nossos cocheiros estavam um tanto afastados, então me aproximei para que conversássemos mais à vontade.

— O que lhe aconteceu, Ginger? Pensei que ainda estivesse em Earlshall.

— Realmente, fiquei ali por um ano, recuperando-me e fui vendida a um cavalheiro, que me tratou bem. Só que a doença voltou e ele achou melhor que me trouxessem para o mercado de Londres.

Pobre Ginger! Foi passando de dono em dono, até aquela trágica decadência. Quando os compradores descobriam sua doença, tratavam de arrancar o máximo dela, tentando reaver o prejuízo antes de nova e nova revenda. Com isso, a infeliz égua não conseguia tempo para sua total recuperação.

— Você costumava se defender quando a atacavam.

— Ah, eu fiz isso, mas não adianta. Os homens são mais fortes e, quando eles são cruéis e sem sentimentos, nada resta a fazer a não ser suportar. Gostaria que o fim já tivesse chegado. Gostaria de estar morta. Já vi cavalos mortos na rua e estou certa de que não sofrem...

Fiquei muito perturbado, mas nada podia lhe dizer. Jerry chegou e tinha de partir. Antes que me afastasse, ouvi-a dizer como despedida:

— Você foi o único amigo que eu tive...

Alguns dias depois, um carro passou por nós conduzindo um cavalo morto. A cabeça pendia para fora e a língua sem vida gotejava sangue. Era um cavalo castanho, com o pescoço fino e uma listra branca na testa. Creio que era Ginger. Espero não ter me enganado, pois ao menos os seus sofrimentos estariam terminados.

Oh! Se os homens fossem mais caridosos, eles nos matariam antes de chegarmos a tal miséria.

8
BEM QUE TANTO DURE

NÃO SEI SE O reencontro com Ginger funcionou como estranha premonição, mas meus tempos agradáveis com Jerry Barker estavam no fim.

O patrão era um homem justo e talvez o fosse em demasia. Mesmo na época do inverno, quando empenhava a palavra, não desistia de um serviço. Certa noite, estávamos atendendo dois homens que jogavam cartas. O jogo demorava e eles pediram que esperássemos. A noite era muito fria, mas assim mesmo mantivemo-nos a postos. Jerry tinha uma tosse ruim e minhas pernas doíam de frio, mas durante duas horas ficamos ali.

Afinal, quando os clientes saíram, fizeram uma curta corrida de três quilômetros e não deram gorjeta. Ainda reclamaram do preço!

— O que você tem, querido? Está ardendo de febre — disse Polly quando chegamos em casa.

— Estou bem. Ajude-me com o cavalo e me faça um chá.

Meu pobre patrão, contudo, não apareceu no dia seguinte para cuidar de nós. Nem no outro. Harry começou a nos alimentar e por ele ficamos sabendo que Jerry estava com bronquite.

O Governador apareceu no estábulo alguns dias depois. Conversou com Polly e então soube que a vida do patrão estivera em risco.

— O médico disse que Jerry só escapou porque não bebe — informou Polly. — Se fosse um beberrão, sua febre o faria queimar como um pedaço de papel.

— Se há uma lei que diz que os homens bons devem vencer essas coisas, estou certo de que ele ficará bom — declarou o Governador. — Mas será que Jerry tem condições de continuar na profissão?

— Não sei. Isso o deixa profundamente nervoso, sr. Grant. Não sei o que será de mim e das crianças. Escrevi a uma antiga patroa minha, que mora no interior. Quem sabe ela consegue me arrumar uma colocação...

Para sorte da família Barker, vieram mesmo boas-novas. A antiga patroa de Polly lembrava-se dela com carinho e sugeria uma mudança para o campo. Tão logo Jerry se recuperasse, poderia trabalhar como cocheiro, já que o antigo estava se aposentando.

— Oh, Jack! — exclamou a sra. Barker, abraçando meu pescoço. — Gostaria tanto que pudesse vir conosco!

Eu sabia que, se as notícias eram boas para eles, eram ruins para mim. O patrão não poderia manter os cavalos; eles teriam de ser vendidos. Havia um novo cavalo no lugar de Captain, e, como era jovem, certamente conseguiria uma melhor colocação. Captain, devido a um acidente de trânsito, tivera de ser sacrificado.

Eu tinha mais idade e, apesar de o Governador prometer que arrumaria um lugar onde eu fosse bem tratado, sempre estaria diante de um futuro incerto...

9
MAL QUE NUNCA ACABA

FUI COMPRADO POR UM padeiro e vendedor de trigo, mas fiquei pouco tempo com ele, pois seu trabalho carecia de animais jovens, que pudessem aguentar cargas pesadas. Venderam-me então a um homem chamado Nicholas Skinner, que se revelou malevolamente inesquecível.

Creio que Skinner era o mesmo homem para quem Sam, o Maltrapilho, trabalhara. Tinha um grupo de carruagens baratas e um grupo de cocheiros mal pagos. Já ouvi homens dizerem que é preciso ver para crer. Penso, porém, que é preciso antes sentir para crer! Por mais que tivesse visto antes, nunca compreenderia quão miserável pode ser a vida de um cavalo de aluguel, como naquela ocasião.

Skinner tratava todos mal, tanto os homens quanto os animais. Sua filosofia era arrancar o máximo de todos, sempre. Não havia domingo ou folga, nem dia frio demais ou quente em excesso para se dispensar uma corrida. Às vezes me sentia tão febril e cansado que mal podia tocar a comida. Ali não havia repouso e seus cocheiros eram tão insensíveis como o patrão. Se eu diminuísse o passo, lá vinha o chicote, com ponta tão cortante que muitas vezes me fazia brotar o sangue.

Minha vida era agora tão miserável que eu desejava, como Ginger, cair morto durante o trabalho e assim deixar de sofrer. Um dia, meu desejo quase se realizou.

Às oito horas da manhã, estávamos no ponto quando tivemos de levar passageiros para a estação. Depois que eles desceram, o cocheiro me colocou na fila do desembarque. Surgiu uma família com inúmeras malas.

— Oh, papai, não creio que esse cavalo aguente todo esse peso — disse uma menininha.

O pai, que fiscalizava a descida das malas, não deu atenção à garota.

— Oh, ele é muito forte, senhorita — declarou o cocheiro. — Fique sossegada.

O carregador, que estava transportando caixas muito pesadas, sugeriu que alugassem mais uma carruagem, vendo que a bagagem era excessiva.

— Seu cavalo consegue ou não levar tudo? — perguntou o pai, atarefado.

Meu cocheiro respondeu:

— Claro, senhor. Ele é forte, aguenta sim...

E ergueu uma mala tão pesada que fez as molas do carro cederem.

A menininha falou em tom suplicante:

— Oh, papai, tome outra carruagem. Isso é errado. É uma crueldade!

— Bobagem, filha. Entre logo e não faça cenas.

Minha protetora teve de obedecer e a bagagem foi finalmente ajeitada. O cocheiro, com o habitual toque de rédea e vibrar do chicote, guiou-me para fora da estação.

Até a Ludgate Hill, consegui andar razoavelmente. Nessa rua, contudo, os pés me faltaram. Por mais que o chicote estalasse ou que gritassem comigo, cedi totalmente no chão. Não tinha forças para me mover e acreditei que era o fim. Ouvia vagamente as vozes ao meu redor, mas tudo parecia um sonho.

— Oh, pobre cavalo! — lamentou a menininha. — A culpa foi nossa!
Ouvi também outras vozes:
— Está morto. Nunca mais se levantará.

Um guarda se aproximou e outros homens me jogaram água fria na cabeça. Não sei dizer quanto tempo fiquei ali caído até que finalmente conseguiram me fazer levantar e seguir até uns estábulos que ficavam próximos.

Naqueles estábulos, trataram-me muito bem. No dia seguinte, Skinner veio me ver com o veterinário.

— É mais um caso de esgotamento do que de doença — disse o doutor. — Se o senhor lhe der seis meses de férias, poderá voltar ao trabalho.

— É melhor que seja jogado aos cachorros — rosnou Skinner.

O veterinário, porém, insistiu:

— O senhor estará jogando dinheiro fora. A respiração do cavalo não está comprometida. Ele só está exausto. Com descanso, ainda vale algum dinheiro.

Diante da ideia de total prejuízo, Skinner retrocedeu. Deu ordens aos cavalariços que me deixassem repousar e, felizmente, seus empregados executaram as ordens com mais boa-vontade que o patrão.

Tive dez dias de absoluto repouso, abundância de aveia e feno e, ao cabo desse tempo, comecei a achar que, afinal de contas, era melhor viver do que ser lançado aos cachorros.

No décimo segundo dia depois do acidente, fui levado a uma feira de cavalos, a alguns quilômetros de Londres.

10
O FIM DA JORNADA

NO LOCAL DE VENDA, encontrei-me lado a lado com os mais sofridos e maltratados cavalos que já devem ter existido na face da Terra. Alguns eram velhos demais, outros tinham a respiração curta e havia aqueles para quem a morte seria uma caridade.

É verdade que muitos dos compradores e vendedores humanos do lugar não estavam em melhor estado...

Eu tinha sido de tal modo maltratado nos últimos tempos que imaginava não mais existir a bondade humana. Mas, em meio a tanta miséria e degradação, vi um homem idoso acompanhado de um menino que me chamaram a atenção. Estavam bem vestidos e o velho tinha um rosto bondoso. Quando se aproximaram de mim e de meus companheiros, pararam e o homem nos lançou um olhar compreensivo.

Seu olhar demorou-se sobre mim. Eu ainda possuía bela crina e boa cauda, o que me dava aparência razoável. Levantei as orelhas e o encarei.

— Eis aqui, Willie, um cavalo que conheceu melhores dias.

— Coitado, vovô — disse o menino. — Por que o senhor não o compra e arruma, como fez com a Cocinela?

— Meu querido neto, não posso tornar novos todos os cavalos velhos. Cocinela não era tão velha, estava apenas maltratada.

— Não será esse o caso deste cavalo, vovô? Aposto que ele já foi de carruagem.

O velho deu-me uma palmadinha amistosa no pescoço e eu levantei o focinho em resposta à sua bondade.

— Veja, vovô, ele compreendeu o seu carinho. Por que não ficamos com ele?

E assim fui comprado pelo sr. Thoroughgood e seu neto Willie e levado para o campo.

— Veja bem, Willie — disse o velho. — Fiz a sua vontade comprando o animal, mas agora é sua responsabilidade cuidar dele, está bem?

Orgulhoso, Willie se revelou um tratador de primeira! Não havia um só dia que não me visitasse com uma cenoura ou algum petisco saboroso, e em poucas semanas sentia que minha antiga energia retornava.

Depois de um inverno de repouso e alimentação adequados, quando chegou a primavera, eu estava em tão boas condições que o sr. Thoroughgood achou que poderia me arrumar um bom lugar, onde fosse realmente útil.

O velho pretendia que eu trabalhasse para três irmãs solteiras, as Blomfield, que moravam em uma delicada casinha na região. Combinaram que fariam uma experiência comigo e, se o cocheiro delas gostasse de mim, acertariam o negócio.

Então, certa manhã, surgiu um rapaz de aspecto inteligente e fartas costeletas negras, pronto para me testar. De início, simpatizou com meu porte e aparência, mas desanimou ao ver meus joelhos.

— Nunca pensei que o senhor recomendasse a minhas patroas um animal de joelhos quebrados — ele disse.

— Quem ama o feio, bonito lhe parece — comentou o velho. — Você vai levá-lo só de experiência. Se ele não for o cavalo mais seguro que já lhe passou nas mãos, pode mandá-lo de volta.

O rapaz me olhou em dúvida e recomeçou o exame, mais atento.

— Com essa estrela branca na testa, parece Beleza Negra. Bem que gostaria de saber por onde anda esse cavalo...

Passou então as mãos pelo meu pescoço, no lugar onde tinha sido sangrado e ficara uma cicatriz na pele. Quase pulou de surpresa.

— Estrela branca na testa, uma pata branca, a cicatriz exatamente nesse lugar... — acrescentou. — Tão certo como estou vivo, é Beleza Negra! Oh, Beleza Negra, não me reconhece? Sou eu, Joe Green, que quase matou você!

Como poderia reconhecê-lo? Quando saí de Birtwick ele era um garoto, e agora se tornara um homem feito...

— Fazer uma experiência com você! Imagine só! Gostaria de saber quem foi o bruto que lhe quebrou os joelhos, meu velho Beleza Negra! Você deve ter sido bem maltratado em algum lugar... mas agora chega. Você voltou para casa e vai viver feliz. Gostaria que John Manly estivesse aqui para poder vê-lo.

À tarde, fui conduzido definitivamente para meu novo lar. As senhoritas Blomfield ouviram minha história e ficaram comovidas em saber que eu era o Beleza Negra do sr. Gordon.

Estou há um ano vivendo feliz nesse lugar. Joe é o melhor e mais dedicado dos tratadores de cavalos. Meu trabalho é fácil e agradável e sinto que me voltam a força e o vigor.

O sr. Thoroughgood disse a Joe, certo dia:

— Com seus cuidados, creio que Beleza Negra viverá até os 20 anos, se não mais.

Willie sempre me visita e minhas patroas prometem que jamais irão me vender. Assim, nada tenho a temer.

E aqui termina minha história. Meus sofrimentos chegaram ao fim e encontrei novamente um lar.

Muitas vezes, em meus sonhos, imagino que ainda estou no pomar de Birtwick, ao lado de meus velhos amigos, à sombra das macieiras.

MARCIA KUPSTAS.

Brasileira, nasceu em São Paulo, em 1957. Tem dois filhos, Igor, que é de 1980, e Carla, que nasceu em 1990. Formada em Letras pela Universidade de São Paulo, lecionou Literatura e Técnicas de Redação em grandes escolas da capital.

Descendente de lituanos e russos, grandes contadores de histórias, as narrativas da avó Efrosina e da mãe Elisabeth fascinavam-na desde cedo. Por volta dos 5 anos de idade, sentava no colo do pai, Vytalius, e ditava livros, os quais ele tinha de escrever! Coitado dele se mudasse uma linha! A menina dizia que seria escritora quando ficasse adulta, para ela mesma escrever as histórias que povoavam sua imaginação.

A partir de 1984, passou a publicar contos em jornais e revistas. Como colunista da Capricho, *revista destinada ao público adolescente, manteve por três anos a seção Histórias da Turma, cujos contos foram depois reunidos em livro pela Atual Editora. Em 1988,* Crescer é perigoso, *seu romance de estreia (de 1986), ganhou o Prêmio Revelação do Concurso Mercedes-Benz de Literatura Juvenil. Era a consolidação de seu desejo de infância: dedicar-se profissionalmente à carreira de escritora. Vinte anos depois, tem uma centena de livros publicados, entre infantis, adaptações de clássicos, romances juvenis e ensaios.*

Marcia Kupstas coordenou coleções como Sete Faces, Debate na Escola, Deu no Jornal e atualmente coordena a Três por Três. Para esse projeto, em Três amores, *escreveu* Um amor em dez minutos *e as adaptações* Romeu e Julieta, *de William Shakespeare, e* O Morro dos Ventos Uivantes, *de Emily Brontë. Em* Três animais, *Marcia escolheu retratar os gatos, por se definir uma "gatófila de carteirinha". Admira a independência, sensibilidade e meiguice desses felinos. Preto, o protagonista de* Herói, o gato, *foi inspirado em sua gata Marie, negra como a noite e uma habilidosa caçadora – talento que Marcia admira, apesar de abominar recolher os restos de algumas caçadas na porta de seu quarto... O nome da gata Mel veio da gata de estimação de uma garota muito simpática, a Bia. Já o temperamento de Mel foi inspirado no do gato Samir, da raça persa. Ele é pedante e exigente, mas também muito carinhoso. Se um dia Marie ou Samir resolver escrever uma biografia, Marcia espera que sejam generosos na avaliação dessa escritora, pois gosta muito deles!*

Para saber mais sobre Marcia Kupstas e sua obra, visite o site <u>www.marciakupstas.com.br</u>.

1
EU, O FILHO DA GATA MEL

NASCI NUMA VIRADA DE ano-novo. Mas não me pergunte de qual ano, porque nós, gatos, não sabemos contar. Sei que o nascimento foi à zero hora porque me disseram. Afinal, mesmo um felino esperto como eu não teria memória do preciso instante do próprio nascimento...

Quem me falou sobre isso tantas e tantas vezes foram Gatoso e Lanolina. Eles comentavam sobre o jeito ruidoso com que os humanos comemoram a passagem do tempo e de como Mel, uma bela gata angorá, teve mais medo dos fogos de artifício do que do parto que trouxe ao mundo meus irmãos e eu.

— Por isso a Mel perdeu três filhotinhos — dizia Lanolina, uma gata malhada muito boa-gente, mas muito simplória. — Eles morreram de medo.

— Morreram porque era o destino deles. — Gatoso sempre se irritava com a ingenuidade de Lanolina. — E por isso os que sobraram foram os mais fortes. Ou os mais feios. — E ele ria para mim. — Os mais tontos. — E me piscava o olho. — Os mais sem-vergonha... — completava a provocação.

Mas eu na hora entendia o jogo e respondia:

— Os mais elegantes, charmosos e inteligentes gatos do muuuuuuuuuuuuundo!!... — E cutucava minha irmã para concordar comigo.

Porque, fosse pela queima de fogos de artifício, pelo susto de mamãe, pela demora dela em dar de mamar aos recém-nascidos ou pelo destino dos gatos, daquela ninhada de ano-novo restaram só dois gatinhos: eu, Preto, de pelo comprido mas ralo, com uma distante herança angorá, e Cinza, minha irmã fofinha como uma coelha de pelos muito unidos e espessos, da cauda ao focinho, só com a mancha branca na orelha esquerda. Essa era a minha família.

2
O PARQUE

NO COMEÇO DE MINHA vida, o mundo era peludo e macio. Só mamei e me enrosquei nos pêlos de Mel, como devem fazer todos os filhotinhos. Havia a sensação boa do leite da mamãe e do cheiro doce de minha irmã.

Como não tínhamos concorrentes, mamávamos sem disputar as tetas e ficamos bem mais fortes do que os filhotes de ninhadas grandes. Talvez fôssemos sortudos desde o nascimento, não é mesmo? Nascer na virada de ano dos humanos poderia mesmo significar alguma coisa especial...

Quando afinal abri os olhos, entendi que mamãe, apesar do medo dos fogos, era esperta o suficiente para nos isolar num canto escuro do estacionamento do parque, perto de umas tábuas velhas e com uns restos de estopa que nos protegiam do vento e da chuva.

Morávamos no parque público de uma grande cidade. Alguns gatos, como eu, haviam nascido por lá mesmo; outros, como mamãe e Lanolina, tinham sido "levados" para lá... na verdade, abandonados.

Não que abandonar animais em lugar público fosse uma coisa aceitável e desejada pelos administradores do parque, como descobri depois, mas é que os humanos podem ser mesmo muito estranhos.

— Eles pegam você quando é filhotinho, dão comida, dão carinho, colocam um nome e depois... sem mais essa nem aquela você atrapalha. Você cresceu. Você suja a casa, vai ter filhotes! — Mamãe ficava indignada quando dizia esse tipo de coisa. — E você já era. Vai para a rua. Ou, se tiver sorte, para um parque como este, que é um lugar bom, com companhia tão agradável.

E mamãe sorria para Lanolina e Gatoso, que deram a maior força quando Mel chegou ao parque, bem atarantada pelo seu abandono e sem conhecer as regras básicas de sobrevivência na vida "selvagem".

O parque tinha sim um lado selvagem e, para ser sincero, foi do que eu mais gostei quando comecei a me aventurar por ali. Muitas e muitas velhíssimas árvores repletas de passarinhos; flores coloridas e moitas divertidas para brincar de esconde-esconde; um lago comprido onde habitavam os peixes, que Gatoso definia como "o melhor alimento sobre a face da Terra"; aqui e ali um galpão ou um quiosque com restos de comida dos humanos ou madeira apodrecida que juntava ratos — outro alimento saboroso nas palavras de nosso amigo — e espaço farto, imenso, para ser explorado por um gatinho curioso.

3
DOIS TIPOS DE ALMOÇO

— MENINO, MENINO, A CURIOSIDADE matou um gato — dizia mamãe, preocupada, quando percebeu em minha índole esse traço perigoso de temperamento felino. — Você faria muito melhor se achasse um canto seu, quentinho e isolado no parque, e fizesse dele o seu lar. Como eu faço. Bem longe dos humanos.

Mamãe era boa caçadora, ela se virava muito bem na vida selvagem. Raro era o dia em que não pegava algum ratinho entre as tábuas do estacionamento. Tinha também bom jeito para filhotes de passarinho: subia nas árvores com grande agilidade e já descia dos galhos com o bicho morto pendendo da boca.

Creio, porém, que ela não fazia isso com alegria. Era sua obrigação, seu sustento. Aceitava os restos de alimento humano se Gatoso ou Lanolina trouxesse algum naco de sanduíche ou carne de churrasco, mas evitava grandes contatos com gente.

Uma vez, teve de recorrer ao "bacião da bondade". Eu já estava mais crescido e até andava pelo parque e ela nos levou consigo, a mim e a Cinza. Andamos por estradas de cascalho e jardins gradeados, ultrapassamos o lago por uma ponte em arco, seguimos entre as caixas de um apiário e afinal, perto do portão central, topamos com elas, as duas humanas amigas de gatos.

Essas senhoras se chamavam Alzira e Robéria. Vinham duas vezes por semana ao parque, trazer ração de gato e conferir a população felina do lugar. Não eram funcionárias nem obrigadas a fazer isso; elas realmente gostavam de nós e se preocupavam com nosso destino.

Acho que Mel reconhecia esse sentimento, porque ela ronronou e se esfregou nas pernas das duas velhotas, erguendo os belos olhos amarelos de um jeito meigo e pedinchão.

E, apesar de toda a mágoa que Mel revelava pelos humanos, não reagiu quando a mais magra das mulheres me pegou no colo, virou e revirou nos dedos, muito sem cerimônia, para concluir:

— É machinho! Ainda bem, Robéria, que o filhote de Mel é machinho.

— O seu Honório não ia aguentar outras ninhadas — respondeu Robéria, a mais gorda e mais velha. — Se invocar, chama a prefeitura.

— E, se aparecer o departamento de zoonoses... — Alzira suspirou e apontou para o bando de gatos em volta de si — eles já eram!

Então Robéria investigou minha irmã do mesmo jeito que sua colega fizera comigo. Falou:

— Esta é fêmea... mas é bonita. Puxou a mãe! Será que a gente consegue uma família para ela?

Alzira fez uma careta:

— É bonita, sim, mas o pessoal não gosta muito de gata.

E as duas se olharam de uma maneira muito desanimada e não deram mais atenção a nós, crias da Mel, apenas mais dois gatos abandonados à própria sorte em um antigo parque público de uma grande cidade.

Mas nos alimentaram, e isso foi o mais importante naquele dia.

4
UM GATO DESCOBRE SEU VALOR

NÃO SEI DIREITO COMO essas notícias corriam entre a gataria, mas certo dia Mel chegou muito agitada, miando à minha procura e de Cinza, dando patadas para nos apressar e lambendo nossos pelos com mais energia que carinho.

— Vamos, crianças, depressa, andem!

— O que foi? — perguntou Gatoso, acordando sonolento de seu cochilo matinal. — Que pressa é essa, Mel?

— Adoção. — Mel terminava de me acertar um tufo de pelo nas orelhas, nem olhou na direção do velho gato ranzinza. — As velhas trouxeram umas pessoas, estão lá no bacião.

— Hum, isso bem merecia ser visto — disse o velho, bocejando. — Mas estou cansado demais... — E voltou a dormir.

— Tratem de se comportar, crianças — disse Mel, conferindo o seu trabalho antes de nos empurrar pelo parque. — E não mordam nem arranhem ninguém, mesmo que alguma criança segure vocês com força. Entenderam?

Claro que se algum humano — mesmo *filhote* — me segurasse com força, enfrentaria minha fúria, mas não provoquei mamãe. Ela tinha um brilho intenso nos olhos, até então desconhecido.

Espantei-me também com a quantidade de gatos que já estava pelo bacião naquele dia. Claro que muitos preferiam viver da caridade de Robéria e Alzira, e nem sequer tentavam caçar alimento, mas dessa vez havia felinos que nunca frequentavam o lugar. E quantos filhotes! Não imaginava que eles fossem tão numerosos!

Uns três ou quatro eram da mesma idade que eu e Cinza; havia uma ninhada de meia dúzia um tanto mais velha; dois eram quase adultos... Alzira e Robéria desfilavam entre a gataria com o orgulho de proprietárias. Vieram com um grupo de humanos, crianças entre eles, e apontavam para nós, falando sem parar:

— Reparem nesse filhote de três cores. Claro que é fêmea! Sabiam que só as fêmeas nascem com três cores?

— A senhora pode levar ao veterinário e castrar a bichinha, conheço uma clínica baratinha, aí ela não tem mais cio, fica até mais caseira.

— Prefere gato de cor lisa? Esse branco não é bonito? Branco demais a senhora não gosta? Tem o amarelo ali, parece da cor de tigre. A senhora acha comum? Já teve gato amarelo antes? Quer de outra cor?

— A cinza! Essa é a filha da Mel. Tem até sangue de raça! Olha o pelo longo... vai ficar mais peluda quando crescer... e já desmamou.

Os filhotes passeavam pelo colo de crianças e adultos, eram virados e revirados e mesmo alguns gatos adultos foram avaliados. Pimpão, um enorme gato tigrado, acabou se instalando muito bem no colo de uma senhora baixinha. Mas a chance de adoção acontecia mesmo para os filhotes.

Afinal, os escolhidos se ajeitaram. Pimpão ficou com a sua nova dona, que se despediu rapidamente, certa de uma boa escolha. As outras duas famílias que estavam por ali ainda revelavam dúvidas...

Minha irmã permanecia no colo de uma menina loira e me deu uma piscadinha. Eu miei, desconsolado. Será que Cinza ia embora? Ia mesmo ser adotada? Tive um pouco de medo. Mamãe falava tão mal dos humanos... mas a menina não parecia ser má. Tinha os olhos tão doces e seus dedos deslizavam no pelo cinzento com uma leveza que nem Mel conseguia manter, com suas lambidas.

— E esse aqui? — insistiu dona Alzira, numa última tentativa, erguendo-me no ar e me exibindo para a mãe da menina que segurava minha irmã. — É da mesma ninhada que a gatinha que a senhora está levando. Aí manteria os dois irmãos juntinhos.

— Ah, dona, Deus me livre, gato preto em casa, não. Dá azar.

— Isso é superstição boba, tenho três gatos pretos em casa e são todos uma maravilha! — falou dona Robéria, tirando-me do colo da amiga e me largando no chão, com um agrado distraído por trás da orelha. — E se a senhora ficasse com aquele lá também?

As insistências deram em nada. Cada família levou só um gato e Cinza foi uma das escolhidas. Vi as pessoas se afastarem pelo portão, vi o rabo de minha irmã formar um "S", por trás das costas da menininha, feito um último adeus.

Mamãe parecia radiante. Parou muito reta diante das outras gatas:

— Uma cria minha foi adotada! E vocês viram como a menina olhava para ela? Viram?

Madona se *doeu* por sua filha Samira, gata "adolescente" que quase foi levada em vez de Cinza, e encrespou. Disse:

— Grande coisa! Casa que tem filhote de gente é um horror. Sorte mesmo foi a do Pimpão. Já era adulto e seguiu para a casa de uma senhora.

— Claro que Pimpão teve sorte! — respondeu Mel, esticando os bigodes em cima da gata enciumada. — Mas a minha Cinza também. O que você tem é inveja! Seus filhos estão todos aí pelo parque. Nunca foram adotados. Nem essa aqui, a Samira, que nasceu mais ou menos peluda, conseguiu alguma coisa!

— Sua filha nasceu peluda por sorte — insistiu Madona e me apontou com o focinho. — E esse seu outro filho? Gato preto, gato azarado. Quem vai querer? Vai morrer aqui no parque. Isso se o seu Honório não invocar com a gataria e chamar a zoonose para fazer uma limpa.

— Gatos pretos são os primeiros a serem levados — disse Samira.

Que raiva das duas! Mas antes que pudesse reagir, fui levantado no ar!

Era mamãe, que fincou os dentes na minha nuca e me carregou depressa para longe dali.

Quis gritar com mamãe, reclamar que não era mais nenê para ser carregado daquele jeito! Quis dizer que não era um inútil nem feio, mas era... era...

Era o quê? Dava patadas inofensivas no ar enquanto mamãe me carregava. E senti um desânimo... uma dor. Que nem doía na pele da nuca nem fazia meus olhos arderem... Era... não sei! Um aperto estranho no peito, uma tristeza, um vazio...

Eu era um gatinho. Podia ser saudável, ter força e coragem, mas isso pouco importava para aqueles humanos. Eles mal me olharam e já disseram que era azarento. Traçaram para mim um destino de abandono. Não merecia colo, nunca seria levado para uma casa de humanos e jamais seria amado por uma criança.

Quando chegamos ao nosso canto no estacionamento, que a gente chamava de lar, não sentia mais a dor. Tinha era raiva. Raiva de quem me fez assim, com essa cor de pelo, raiva de quem me achava feio por ter nascido assim e uma profunda e espetada raiva... dos humanos.

5
PEQUENAS CAÇADAS

ERA VERDE E SE mexia. E, se existe algo que todo gato esperto sabe é que, se uma coisa se mexe, ela pode ser comida.

Então acertei a pose e olhei, muito sério... Não tão sério que não visse, de rabo de olho, mamãe e Lanolina.

Que orgulho! Elas testemunhariam meu ataque. Decidi. A folha se mexeu um pouco mais forte, e foi um, e dois, e três! Dei o bote! Enterrei meus dentes no petisco!

Uau!... Mas que cheiro hor-ro-ro-so! Cuspi aquilo o mais depressa que pude, fiquei salivando e esfregando os olhos enquanto as duas gatas safadas quase estouravam de rir!

— Parabéns, meu filho! — disse Mel. — Você acaba de descobrir o sabor e o cheiro de uma maria-fedorenta!

Enquanto cuspia e tentava arrancar o cheiro do meu focinho, ouvia a miadeira alegre das duas. Elas nem riam por maldade, mas odiei a ideia de que pudessem zombar de mim!

Vi o maldito inseto balangar as perninhas, desvirar-se, dar um chacoalho heroico e tranquilamente sair do meio do cuspe para seguir seu caminho. Nessa hora, prometi: mostraria a todos que ainda seria o maior caçador do parque.

Dediquei-me então aos treinos intensivos, só que, a partir daí, sempre escondido de olhares indiscretos.

Claro está que muitos bichos que voam ou se arrastam conseguiram alcançar a segurança do céu ou da toca antes do meu ataque, mas reuni um bom número de vitórias. A ponto de me achar pronto para nova exibição pública...

Foi num dia bastante quente. O chão de cimento do parque fervia e até as árvores estavam com as folhas meio derreadas, sem o menor traço de vento. Havia um pouco mais de umidade e conforto em volta do tanque, onde o mato ralo ficava encharcado e a sombra também parecia se estender numa cobertura natural.

Muitos gatos escolheram aquela sombra para relaxar ao final da tarde. Preguiçosos, alguns dormiam ou se lavavam, outros ficavam num papo sem pressa. Eu não. O corpo todo retesado, investigava o fundo das águas claras daquele lago artificial.

Era a casa de carpas coloridas e outros peixes menores. Lindos e deliciosos, pelo que Gatoso dizia. E extremamente difíceis de pegar também. Só experimentei sua carne quando um deles teve morte natural e apareceu boiando na margem. Mamãe recolheu um desses mortos e dividiu sua carne comigo e com Cinza, nos tempos em que ela ainda estava conosco.

O calorão devia deixar os peixes meio moles e meio bobos também, porque dois deles estavam bem largados, rentes à margem. Eram o meu alvo.

Agi tão lentamente que a gataria nem percebeu. E esperava que os peixes também não. Fui como quem não quer nada descendo uma rampa, fiscalizando uma moita, escondendo-me atrás de uma pedra. O peixe amarelo estava a uns quatro passos de mim e eu me arrastei lentamente... Mal respirava! O olhar fixo em todo movimento de nadadeiras... A três passos, a dois... AGORA! Saltei sobre o peixe.

Ah, mas nesses meus cálculos não contava com a existência da água. Espadanei o líquido para todo lado, o chão do fundo do tanque era macio e lodoso, escorreguei e... que peixe, que nada! Enterrei o focinho na lama e me ensopei inteiro!

— Ei, o que o Pretinho está fazendo? — perguntou Samira.

E, nesse exato momento, em que esperava a decepção de ser recebido por um coro de gargalhadas, ouvi:
— Olhem! É o Cicatriz. Ele voltou.
— Cicatriz, que bom!
— Faz tempo, cara...
A gataria apontava para um galho alto, onde estava o recém-chegado. Olhei para cima e o vi.

Era um enorme gato negro, que cumprimentou todos com um gesto elegante e se lançou no espaço, alcançando o chão com facilidade. Do lado esquerdo e ocupando todo o seu corpo, havia a marca que lhe dava o nome, uma cicatriz clara em meio ao pelo, da largura de um dedo humano.

Aproveitei o alvoroço que se armou com sua chegada para sair da água sem chamar atenção. Mas o tal Cicatriz me viu e se aproximou.
— Estava aqui por perto, resolvi visitar os amigos do parque. Já vi que tem novidade... E aí, Neguinho? — falou comigo. — Quis fazer pescaria e acabou na natação?

Antes de algum comentário, Cicatriz calou todo mundo:
— Mostrou coragem, Neguinho! Parabéns! Só falta praticar. Vou ficar por aqui e morar naquela árvore ali. Se quiser, posso dar umas dicas de caçador.

Foi esse meu primeiro encontro com o grande gato negro.

6
O GRANDE GATO NEGRO

CICATRIZ ERA VELHO CONHECIDO do parque. Livre em suas andanças, aparecia e sumia sem dar satisfação a ninguém. Era imbatível numa briga de gatos, respeitado pelas habilidades de caçador e corajoso para surrupiar comida, mesmo dos mais atentos humanos. Escolheu uma alta tipuana como moradia, e parecia provocar até nisso, porque qualquer visitante teria de topar uma boa escalada.

Apesar do convite, fiquei em dúvida de me encontrar com ele. Tinha certa vergonha do meu banho desastrado.

Gatoso resolveu a questão:
— Pretinho, deixa de orgulho. Se o Cicatriz convidou, é porque te considera. Vá lá e aproveite a sabedoria de um grande caçador.

Isso me convenceu e, certa manhã, fui até a árvore. Cicatriz me viu chegar e desceu.

— O pulo do gato! — falou, caindo agilmente sobre as quatro patas, vindo lá de cima. — Você sabe o que é isso?

Eu disse que não e ele contou a história:

— Um leão pediu aulas a um gato, dizendo que na natureza não existe quem saiba pular melhor do que nós. O gato aceitou a missão e, durante um tempo, ensinou tudo: como se pula de lado, de frente, como cair em quatro patas... Acontece que o leão estava mal-intencionado, e pretendia comer o professor ao final das lições. Um dia preparou o bote e... pimba! Pulou sobre o gato. Sabe o que o gato fez?

Movi meu rosto em negativa, bem curioso.

— O gato usou do pulo do gato! Deu um salto tão especial que o leão sobrou... e aí, todo chateado, o leão disse: "Esse pulo você não me ensinou!". E o gato falou que aquele era o seu segredo. Que aquele era o pulo do gato e isso não se ensina a ninguém... Entendeu a historinha, garoto?

— Que você tem medo que eu me vire contra o professor um dia?

Cicatriz gargalhou, confiante.

— Não, Neguinho. Não vai chegar tão cedo o dia de você ou outro felino me enfrentar tão facilmente... Quero dizer que vou ensinar coisas gerais, importantes, mas... o *seu* pulo do gato, o *seu* segredo de caça, bem, esse você tem de descobrir sozinho. Tá limpo?

Concordei. Então fomos para a árvore. Nunca havia subido tão alto antes, mas, seguindo as pegadas de Cicatriz, não tive medo.

— Garoto, fiquei curioso com uma coisa... Por que você resolveu pegar justamente um peixe? — perguntou, olhando a paisagem do parque vista de cima.

— Porque é grande.

— Pombas também são grandes. E galinhas.

— Porque Gatoso falou que são o melhor alimento da Terra.

— Bom, isso é questão de gosto — ele sorriu. — Adoro leite, presunto, sardinha em lata, mas essas são coisas que a gente tem de pegar dos humanos. Na natureza, peixe pescado é o fino. E que mais?

— Como assim?

— O que te fez encarar a água, que é uma coisinha tão desagradável?

A verdade é que eu desconhecia isso. Até meu escorregão no poço, só havia sentido água de chuva. E desconversei:

— Nem reparei em água. Eu só via o peixe.

— E...?
— Sei lá. Era o desafio.

Finalmente, dissera a palavra mágica! Era o que um caçador tarimbado como Cicatriz queria ouvir. Ajeitou-se melhor nas duas patas de trás e me deu a primeira lição:

— Desafio! Neguinho, isso é o que move um caçador de verdade. Podemos estar no meio da mais deliciosa das sonecas, mas, se uma abelha bate as asas, ou um passarinho faz um pio, ou qualquer bichinho se mexe na terra, ah!, é como um alerta. Um desafio... assim, um "vem me pegar. Duvido que você consiga!". Você já se sentiu assim? Como se tanta coisa na natureza estivesse te chamando?

Concordei. Muitas e muitas vezes sentia uma espécie de antena invisível ligada na cabeça, que me fazia sentir atração por tudo que voasse, andasse, corresse.

— Parabéns! Você é um autêntico caçador! Agora, é só uma questão de prática. Topa encarar?

— Claro!

— Então vamos lá.

Durante as duas semanas seguintes, Cicatriz foi o melhor e mais atento professor do mundo. Nada era poupado. Corremos atrás de besouros, formigas, gafanhotos. Perseguimos e tocaiamos camundongos e até comemos alguns, divididos irmãmente. Invadimos os ninhos de aves, mesmo nos mais altos galhos, e aprendi a saborear ovos recém-chocados.

Quando peguei, sozinho, uma gorda pomba cinzenta, estava aprovado no curso intensivo de caçador.

7 O PULO DO GATO

A HISTÓRIA DESSA POMBA merece ser detalhada.

Desde a adoção de Cinza, mamãe evitava me amamentar. Saía para uns passeios noturnos e cada vez menos ela dividia comigo aquele canto do estacionamento.

Dizia que eu precisava aprender a viver sozinho. Mas acho que não era isso. Era Cicatriz. Sua chegada incentivava um novo cio. Afinal, um macho forte e imponente como ele atraía boa parte das felinas, e mamãe não fugia à regra.

Se "ficar adulto" era ficar sozinho, aceitava isso, mas nas minhas condições, de um modo especial. Resolvi caçar um bicho de carne farta e saborosa e faria dele o meu presente para Mel. Então, nada de insetos. Nada de grilos ou minhocas ou mesmo camundongos ou filhotes de passarinho. Tinha de ser uma ave adulta e desafiadora, difícil de pegar.

Aconteceu numa tarde de domingo, em que muitos humanos visitavam o parque. Eles alimentavam as aves do lago, como gansos, cisnes e patos, com pão e pipoca. A comida não era para elas, mas as pombas pegavam o que podiam na cara de pau.

Achei que era o dia e momento certos de agir.

Mal uma família saiu, largando os restos de piquenique, surgiu uma revoada inteira de pombas. Encarei uma. Era malhada de cinza com preto e bem gorda. Estava tão confiante na sua comilança que nem me deu atenção. Nem devia ver perigo em um filhote como eu. Coitada! Danou-se.

Eu me fiz de bobo, pulando atrás de uma mosca, e me aproximei sem despertar suspeita. A pomba ciscava as pipocas, distraída. Virou a cabeça para outro lado. Cheguei a dois passos de distância, a um e... dei o bote!

Fiz como Cicatriz havia ensinado, cravei dentes e unhas na nuca do pássaro, enquanto montava nas suas costas. A pomba se assustou, tentou voar, me derrubou. Passei uma rasteira, ela caiu e comecei a morder com força, em especial no pescoço, que é região de carne mole e onde uma mordida dificulta a escapada.

— Gente, é o Pretinho! Ele pegou uma pomba! — um gato amarelo deu o alerta.

Grunhi (não podia falar porque a boca estava cheia com as penas da pomba — jamais soltaria a minha presa!) que me deixassem agir sozinho!

Não sei se entenderam. Os curiosos só nos cercaram, e, quando ela tentava fugir para a esquerda ou a direita, topava com um gato ameaçador. Continuei mordendo, unhando e grunhindo, e senti que sua carne deixava de ficar tão tensa... Um líquido morno invadiu minha boca. Era sangue. O gosto de sangue me deixou eufórico! Como era bom! Mordi mais e com mais fúria.

Mel chegou apressada e exclamou:

— Pretinho! Você conseguiu! Uma pomba!

Naquele instante, achei que o bicho estava suficientemente abatido para soltar os dentes e dizer:

— É um presente. Para você, mamãe.

Ela riu com prazer e indicou sua aceitação terminando de matar a presa.

— Obrigada, filho. Venha comer comigo.

Pegou então o troféu entre os dentes, aquela pomba gorda que era quase de seu tamanho. Orgulhosa e exibida, mamãe passou por entre a gataria, que só ficou nos encarando, alguns ressabiados, outros com inveja.

Ah, como me senti bem! Como fiquei feliz em receber o olhar de admiração de Cicatriz, meu professor orgulhoso.

E, naquela noite, até muito tarde, eu e Mel ficamos em nosso canto do estacionamento, conversando e comendo da presa, nos lambendo, e rindo, e acariciando. Se foi esse o jeito de nos despedirmos, como mãe e filhote, foi muito bom.

Poderia não precisar mais da proteção maternal na vida, mas por decisão *minha*. Era como um aviso para Mel: se ela precisasse de ajuda, não encontraria um filhote assustado, mas um corajoso caçador.

8
A HISTÓRIA DE CICATRIZ

CERTA MANHÃ, ENCONTREI CICATRIZ lambendo uns ferimentos em seu peito e pescoço, com expressão concentrada. Ele acalmou minha preocupação com um gesto carinhoso.

— Nada demais, Neguinho. Só os arranhões de uma briguinha.

— Brigou com quem, Cicatriz?

— Um gato amarelo, velho inimigo. Faz parte. — Passou saliva num dos cortes do peito e concluiu: — Precisava ver como ficou o outro...

Briga noturna, disputando fêmeas ou território, "fazia parte", como disse Cicatriz, de nosso destino de gatos sem dono. Deitei do seu lado, no seu galho da tipuana, e senti uma ponta de orgulho por seu jeito despachado de lidar com os próprios ferimentos.

Apontei para a marca do lado esquerdo.

— E aqui? Também foi briga, Cicatriz?

Ele fez uma careta e suspirou.

— Não, Neguinho. Isto aqui é de outra coisa. É uma lembrança. Uma pequena recordação de meu contato com os humanos.

Virou um tanto o ombro e me exibiu a marca em toda sua extensão. Era um corte longo e sem pelos, mostrando uma flecha de pele rosada.

— Quer saber como foi?

Falei que sim e então Cicatriz me contou a sua história.

— Nem nasci nessa cidade. Sou um gato de praia, Neguinho! Nasci bem longe daqui... onde existe muita areia e o mar. Como é difícil explicar o mar para quem nunca o viu! O mar nunca para... as ondas vão e vêm e aquilo é muito bonito. Não fui adotado por humanos quando pequeno e fazia a minha casa em qualquer lugar. Não dependia de ninguém. Queria ser livre! Livre como aquele mar grande talvez. Que dava medo, mas tinha um cheiro tão bom. O lar dos peixes, como você mesmo falou, a comida mais saborosa do mundo.

— Quem disse isso foi o Gatoso — expliquei.

— Mas é de se concordar com ele, sim. Nós, felinos, sabemos que o peixe é bom demais, e vale todo esforço pra se conseguir.

Ele continuou:

— Nessa praia onde eu vivia existiam uns quiosques de pescadores. Eles são os humanos que entram no mar com barcos e redes e tiram os peixes da água. Geralmente não se importavam de deixar os restos de peixes para quem quisesse, gatos ou cães sem dono, mas havia um casal que era muito ranzinza. Eram os Teixeiras, marido e mulher, eles... sei lá! Eram implicantes mesmo. Por natureza. Não gostavam de gatos, não tinham nem crianças nem cachorro em casa.

Cicatriz cruzou as patas e ajeitou melhor a pose, antes de continuar:

— Havia fartura de comida em outros lugares, mas é claro que eu me irritava com a mesquinharia dos Teixeiras e resolvi provocar. Se dos outros pescadores eu aceitava as sobras, dos Teixeiras, não. Furtava os melhores peixes ou só beliscava um bocado deles, largados na cesta, antes de irem para a geladeira. Era mais por brincadeira... Gostava de ouvir os palavrões do homem ou fugir das pedradas da mulher me caçando pelo pátio. Era proposital atacar o depósito de peixes deles. Mas essa provocação me custou muito caro...

Nesse momento, Cicatriz se deitou todo, deixando sua marca bem visível. Depois voltou a sentar nas patas traseiras.

— Certa noite, depois de dar meus passeios pela praia, pintou uma fome e fui conferir o cardápio dos Teixeiras. O quiosque estava escuro e silencioso. "Estão dormindo", pensei. "Está pra mim." Farejei na bancada onde eles limpavam peixes e, de repente, eu o vi.

Cicatriz sorriu, lembrando.

— Neguinho, acho que era um dos peixes mais bonitos que já vi na vida. Era do tamanho certo da minha boca, estava sem tripas, até meio aberto, convidativo. Comecei a farejar o peixe, mordiscando uma beirada, outra... Senti um movimento leve. "Epa!", pensei. "O peixe está morto. E bicho morto não se mexe." Então vi o fio. Da boca do peixe saía um fio de linha que ia pelo chão da peixaria até uma rede. A noite era de lua cheia e eu conseguia enxergar bem.

Cicatriz tinha os olhos duros e continuou:

— Senti o puxão e ouvi uma voz: "Homem! Acho que fisguei o gato desgraçado! Acho que peguei ele!". Era a sra. Teixeira. Quando ela puxou a linhada, vi que saía um anzol da boca do peixe. Era uma armadilha! Eu deveria comer o peixe e ficar preso, já imaginou? Um gato espetado pelas tripas em anzol?

— Por que pescar um gato, Cicatriz? O que deu nesses humanos? Eram doidos?

— Falei que eles não gostavam de gatos e eu atrapalhava a pescaria deles de propósito, mas por que não faziam como os outros pescadores e davam as tripas para a gente? Eram tão mesquinhos... eu furtava mesmo! Mas isso era motivo de tamanha maldade?

Cicatriz suspirou. E prosseguiu:

— Quando a mulher gritou, o homem saiu detrás de uma porta, percebeu que eu não havia comido a isca e gritou: "O desgraçado vai escapar!". Ergueu um arpão e o lançou sobre mim. Neguinho, a dor que senti foi como fogo, uma tocha fina e direta, que cortou toda a pele do lado esquerdo. Doía pra danar, mas corri. Estava sangrando, e, se continuasse assim, acho que não teria saído vivo mesmo. Para piorar tudo, ouvia sempre as vozes do Teixeira. Marido e mulher vinham atrás de mim, se xingavam, reclamavam, batiam nas moitas do caminho e usavam um farolete para me localizar. Estavam realmente decididos a acabar comigo, de uma vez por todas, naquela noite!

— Nossa, Cicatriz... e aí? Como você escapou?

Meu amigo suspirou fundo, aproveitou a pausa para dar umas e outras lambidas no pelo manchado de seus arranhões e depois continuou:

— O medo e a dor me deram asas nos pés, e cheguei à estrada. Andei e andei, corri e caí, e levantei e fui, todo molhado de sangue, meio zonzo... Aí vi uma luz às minhas costas. Estava exausto e dolorido. Pensei: "Pronto. Chegou minha hora. É a luz do Senhor dos Gatos. É o meu fim...". Caí, sem chance de correr para o mato ou escapar para a estrada.

— E então...? — perguntei, quando meu amigo fez uma pausa mais comprida.

— Pretinho, a luz era dos faróis de um carro. Ouvi uma voz e um latido também. Só desejei que o fim fosse rápido, mesmo nos dentes de um cachorro. Tentava me virar para morrer lutando quando vi o rosto do Velho, bem atento sobre mim. Nessa hora, Neguinho, nessa hora eu apaguei. Só fui dar por mim um bom tempo depois. Estava dentro de uma casa, o Velho tinha me arrumado uma cesta e feito um curativo. Ainda doía tudo, mal podia me mover, mas estava vivo. E, como dizem, se há vida, há esperança...

Cicatriz sorriu ao lembrar do Velho. Disse:

— O Velho era boa-gente, aposentado, tinha casa no litoral, e, quando me achou na estrada, estava voltando para sua casa na cidade. Esta mesma cidade onde estamos agora, Neguinho. Ele me adotou naqueles tempos em que eu estava tão machucado. Seu cachorro, Faísca, era tão velho como ele e obediente. Meio ranzinza comigo, mas tudo bem. Fui bem aceito. Pude dormir, pude comer. Tive meus machucados tratados com carinho.

"E numa única noite, Neguinho, conheci o Homem. Os dois tipos de homens. Um deles tentou me fisgar com um anzol e provavelmente me proporcionar uma das mais terríveis mortes que um mamífero já teve. O outro desviou-se de seu caminho e recolheu um bicho ferido em seu carro e sua casa, oferecendo proteção e ajuda. Um quase matou, o outro salvou. Isso é o Homem."

Cicatriz parou de falar e me encarou, seus grandes olhos amarelados sobre mim. Ainda perguntei:

— Cicatriz, mas o Velho... Ele não quis ser o seu dono? Por que você não mora ainda com ele?

— Ele foi bom para mim, me deu um canto pra ficar, comida e tratamento. Se eu quisesse, claro que poderia ficar. Mas minha alma é livre demais, Neguinho. Quando melhorei, comecei de novo a andar por aí. Certa ocasião, depois de um longo passeio, encontrei a casa fechada. O Velho vivia falando em pegar aposentadoria e mudar de vez para o litoral. Talvez tenha ido mesmo para lá. Nunca mais conferi o lugar para saber.

E terminou:
— Então fiz desta a minha cidade. Nunca mais vou ver o mar, mas tudo bem. A vida me abriu outras portas e outras aventuras.
— É uma história e tanto — concluí.

9
IDEIAS DE UM GATO QUASE ADULTO

CONFESSO QUE FIQUEI MUITO impressionado com a conversa do Cicatriz. Podia me orgulhar de ter a agilidade e esperteza de gato grande, mas as ideias e surpresas ainda eram de gatinho. Entre as ingenuidades, acho que a maior se referia aos humanos.

Mamãe podia tagarelar quanto quisesse sobre a sua independência e coragem, mas se ressentia bastante de não ter um lar e pessoas que a sustentassem. Falava da boca pra fora. Havia gatos bem tranquilos no seu jeito solto de viver, como o próprio Cicatriz, que, podendo escolher entre um lar humano e a liberdade, optou por levar a vida sem maiores ligações com as pessoas, apesar de respeitar a bondade de algumas delas. Um gato velho e ranzinza como Gatoso provavelmente jamais se acostumaria a uma casa; era bem resolvido com seu modo de curtir o parque.

E eu? O que eu queria afinal? Se tivesse a opção de Cicatriz, será que não escolheria a casa do Velho, suas atenções e cuidados? Ou faria como o grande gato negro, e escaparia em andanças livres?

Mas eu não tinha escolha, essa era a verdade. Achava muito humilhante fazer como alguns filhotes, que eram tão carentes que ronronavam nos pés de qualquer humano que passasse pelo parque, implorando atenção. Não, isso não era para mim! Tinha, sim, curiosidade pelos humanos... respeito pelo que inventavam e faziam, mas, se meu destino era ser um gato de parque, não agiria como um abandonado. Tomaria conta de mim mesmo e passaria por essa vida como um felino muito independente e... feliz.

Bem, essas ideias não contavam com outro fator — o acaso. Nem imaginava que meu destino estava traçado e uma pequena aventura estava para acontecer, o que mudaria totalmente o rumo da minha vida.

10
O MENINO E A ÁGUA

O DIA ESTAVA NUBLADO e havia pouquíssimos humanos pelo parque, do mesmo modo que também havia bem poucos felinos perto do tanque, com exceção de mim. Eu cochilava no alto de um galho, e via ao longe uma mulher com duas meninas e um nenê na área do *playground*. Dali a uma hora ou menos o parque fecharia.

Era uma tarde preguiçosa, sem nada que indicasse confusão ou decisões grandiosas. Talvez por essa calma notei quando a mulher se afastou com as meninas, em direção aos banheiros, ao fim do *playground*. O nenê parecia seguro no tanque de areia. Uma borboleta voou em torno dele, o garoto tentou pegá-la... e aí, cochilei. Foi um piscar de olhos e... Cadê o nenê?

O gradeado que isolava o *playground* vinha até o chão, mas não é que o pivete conseguiu passar pelo arame? Saiu por ali e veio rolando, manso e mole, ladeira abaixo, até parar bem rente ao tanque dos peixes.

Foi uma descida e tanto, mas, como ele caiu mole e estava vestido daquela maneira que se vestem os nenês, repleto de panos e fraldas, não se machucou. Sentou e riu, movendo as mãozinhas para a frente.

O que me incomodou não foi o seu tombo ou o que pretendia pegar, mas a imensa proximidade do tanque. Ali era lugar fundo. Por experiência própria, sabia que o chão do tanque era lodoso e grudento. Será que bebês humanos conseguiam nadar por instinto, como nós, felinos?

Fiquei em pé no galho e estiquei o pescoço. Onde estava a família dele? As meninas saíram do banheiro e correram para o *playground*. Procuravam o nenê, mas do lado errado, perto das balanças e do escorregador.

Se pudesse gritar, seria fácil, era só dizer: "Ei, pessoal! O nenê de vocês está aqui, venham logo que a água é funda!", mas, como sou um gato, elas não ouviriam nem entenderiam meus miados. Talvez tivesse mais sorte com o próprio nenê. Desci da árvore e fui bater um papo com ele.

— Cara, é o seguinte: se você não sabe nadar, é melhor se afastar rapidinho dessa margem, está bem?

A resposta veio na forma de um monte de *guuuuuus* e *gaaaaaaaaaaisssss*, e ele riu para mim.

— Entendeu? Vá mais para lá, vá.

Comecei a ouvir os gritos, a família dele fazia um barulho danado e ele nem percebia. Rapidinho, subi a ladeira e vi que realmente as meninas reviravam a área e a mulher falava num celular, cada vez mais agitada. Olhei para trás e gelei. A tal borboleta havia retornado e sobrevoava uma planta aquática, bem no meio do tanque.

Mas onde estava o raio do bebê? O danado tinha se apoiado nas quatro "patas" e estava engatinhando pela margem, perseguindo a borboleta.

— Ei, aonde você pensa que vai? — miei, preocupado.

O nenê sentou sobre aqueles panos fofos do seu traseiro e balbuciou algo como *bableta*, apontando para o animalzinho.

— Olhe, garanto que o gosto disso é horrível! — falei. — Vá por mim. É melhor sair de perto da água. Volte pra lá, procure sua mãe...

Ele me desconsiderou totalmente e seguiu seu caminho. Estava agora do outro lado do tanque. A borda tinha quase um metro de altura. Ele via a borboleta flutuando sobre a planta no meio da água e tudo ficava mais e mais perigoso. Diacho, onde andava a mãe dele?

Rápido, dei a volta e toquei-o com minha pata.

— *Guuu... miau?*

— É isso mesmo, eu sou o miau. E o miau está mandando, entendeu? Saia daí!

Ele voltou a sentar e agora metade de seu traseiro ficava além da borda. Ria para mim e tentava me alcançar.

Nesse instante, com o canto do olho, vi a mulher aparecer ao alto da ladeira. Ela apontou a mão para o bebê e foi uma sorte não ter dado um berro. Assustaria a criança e aquela queda...

O nenê passou a mão por meu pelo e isso disparou um monte de ruídos alegres, *guuusgãã, miaurrrrrr*. Seus dedos rechonchudos se cravaram fortes no meu bigode. Dei um passo para trás e ele veio também.

Agora as meninas desciam a ladeira, com a mãe atrás. Por sorte, não fizeram ruído. Dei outro e mais outro passo para trás...

O nenê me seguiu! Faltava bem pouco para sair da beira do tanque. Recuei mais um tanto, e já uma das meninas chegava mais perto...

— Peguei! — gritou a garota, agarrando com força o nenê. — O Luquinhas está salvo.

Nessa hora, sim, o menino se assustou com o apertão. Deu de espernear e berrar no colo da irmã e eu me vi também imediatamente agarrado pela outra menina.

— Foi ele, mãe! Foi o gato...

O nenê berrava, a menina o cobria de beijos, a mulher chegava depressa pela ladeira, a outra menina me segurava com força... Como avisar que nada fizera de mal com o filhote delas? Será que ainda sobraria para mim?

— Foi este gato bonito que salvou o Luquinhas! — A menina começou a alisar o pelo de minhas costas e a cabeça com força. — Lindo! Foi ele... Ah, mãe, deixa, deixa... Posso ficar com ele?

11
A FAMÍLIA DECIDE

A MULHER ARRANCOU O nenê do colo da filha e o cobriu de beijos. Nesse momento chegaram dois funcionários do parque, certamente atraídos pela gritaria. Perguntaram para a menina que me segurava:

— O que aconteceu?

— Meu irmão quase caiu na água. Mas este gato aqui salvou a vida dele. Este gato bonito...

Os homens não se convenceram muito do meu heroísmo e foram falar com a mulher. A menina então me levou para um canto, sempre me acariciando e disse:

— Você foi bom... Você é bonito, é quentinho... Você é um herói, sabia? Esse deveria ser o seu nome, Herói. Mamãe, mamãe, deixa eu ficar com ele?

A mãe nem ouviu a menina, atarefada em explicar o acontecido. Chegaram mais pessoas, ela atendeu ao celular. Virou-se para a filha mais velha e disse:

— Seu pai chegou. Está estacionando o carro.

Minha "dona", porém, não se interessava mais pelos adultos. Tinha talvez uns 7 anos de idade e dedos muito macios. Acariciava atrás de minhas orelhas e alisava meu pelo, da nuca ao rabo, de um jeito firme e delicado. Era agradável... Nunca senti nada parecido. Fui relaxando e, sem perceber, comecei a ronronar, de olhos fechados, respirando leve... Era bom... muito bom.

Saí daquele estado de felicidade com o som forte da voz de um homem:

— Luquinhas! Mas como vocês largaram assim o Luquinhas?

A filha mais velha, chamada Lúcia, explicou de novo como o parque estava vazio, como foram só por um minutinho ao banheiro, como o nenê devia ter escorregado pela grade do *playground* e, quando ia completar seu relato, minha "dona" interferiu:

— Foi ele, papai. Foi este gato que afastou o Luquinhas da água. O Herói. Posso ficar com ele, posso?

Ergui meus olhos para os humanos. Era uma família morena e unida, os adultos se encarando, sem atinar uma resposta... Lúcia ajudou:

— Eu também vi, pai. O gato estava do lado do nenê.

— Posso, mãe...?

A mulher suspirou:

— É um gato tão comum... um gato preto, Beatriz! Será que a gente deveria mesmo?...

Gatopretogatopretogatopreto... De novo ouvir e passar por aquilo, não! Rejeição, medo, azar? O que será que os humanos tinham contra os gatos pretos?

Pulei do colo da menina, saí correndo. Não queria ouvir o resto da explicação e a recusa. Fugi, escapei pelas árvores, ainda ouvi a menininha Beatriz me chamar por muito tempo, até que me distanciei o suficiente para amortecer a sua voz e ficar ali, entocado no mais alto galho de árvore, respirando fundo e sentindo uma coisa bem estranha bater em meu peito, sei lá se o coração ou a tristeza, que fazia aquele *tum-tum* decepcionado.

Mais uma vez, muito decepcionado com os humanos.

12
CONSELHOS DE CICATRIZ

— ACHEI MESMO QUE ENCONTRARIA você por aqui, Neguinho — disse Cicatriz, facilmente alcançando o galho da árvore onde morava. — O que foi? Por que você saiu daquele jeito?

— Por quê, Cicatriz? O que você acha? Os humanos são estranhos! Querem e não querem as coisas. Oferecem e tiram. Já ajudei com o nenê, não foi? Então chega. Eles que catem o seu bebê bobão e deem o fora daqui.

— Os humanos estão revirando o parque à sua procura.

— Para quê?

— Ora, a menina não disse que você é um gato-herói? Quer você para ela!

— A mãe dela não me chamou de azarado? De gato preto e feio?

— Não foi bem assim... Eles ainda estavam conversando. O pai do nenê concordou em ficar com você.

— Verdade?

— Como eu disse: agora reviram o parque à sua procura... E aí, Neguinho, vai encarar?

Não sabia bem o que pensar. Sentia que dentro de mim dividiam-se duas posições, bem contrárias: uma delas lembrava com ternura o jeito macio de a menina me acariciar, antecipando um provável cotidiano com os humanos, ronronando sob seus agrados, recebendo comida, afeto e atenção. O outro lado... Bem, o outro lado tinha seu espelho em Cicatriz. Sua liberdade, seu modo decidido e corajoso de enfrentar a vida e os desafios.

Parece que ele leu em mim essas ideias contrárias. Falou:

— Às vezes, filho, o maior desafio é aceitar as coisas boas da vida. Não ter medo de ser feliz.

— Acha mesmo que vou ser feliz com eles, Cicatriz? Vivendo numa casa de humanos?

— Você vai ter um lar. Crianças que gostam de você. Será batizado, terá boa comida... Por que isso seria ruim? Volte lá, antes que eles saiam do parque. Você merece isso, filho.

— Mas e a liberdade, as caçadas, as noites livres e vagabundas, tudo o que você me contou?...

— Ser adotado pode ser bom e você também pode dar seus passeios. O ruim mesmo é viver rancoroso, igual a Mel, que precisou ser gata de rua sem o desejar. Não seja como sua mãe, garoto. Se você pode escolher, escolha. E pronto. Só isso.

— E a Mel...?

— A Mel tem a vida dela. Acho até que está prenhe de novo. — Cicatriz deu um sorriso estranho. — Nós, gatos, não temos muita certeza dessas coisas, mas... Fiz minhas contas. Estive aqui pelo parque no último cio da Mel. Não duvido nada, Neguinho, mas... Nós dois, somos assim, bem parecidos.

— O que está querendo dizer, Cicatriz? Que você é...

— Sinto orgulho de ter um filhote corajoso e bonito, igual a você.

Eu miei baixo e me aproximei mais dele, o grande gato negro. Ele ficou um tanto embaraçado, ergueu o pescoço acima das árvores e falou:
— É bom correr. A família já está no estacionamento. Vá, vá logo, Neguinho! Ande!
— Mas...
Ele me empurrou decidido:
— Corra, corra, vá agora! Obedeça, vá!
Corri, e corri, e não olhei para trás... Quando cheguei ao estacionamento, Beatriz mal me viu, gritou:
— É o Herói! Ele voltou!
Então pulei nos braços dela e ouvi as risadas dos humanos... Entrei pela primeira vez em um automóvel e segui para morar com eles e, daquele momento em diante, fazer parte daquela família... Ter um lar.

13
ANO-NOVO

O CÉU SE COLORIA de fogos de artifício. O barulho era estrondoso e muitos bichos no parque reagiam com medo.
Eu, não. Achava tudo bonito e excitante. Queria ver bem o modo como os humanos comemoravam a chegada do ano-novo... Afinal, não nasci naquela data tão especial? Isso deveria trazer sorte para um bicho!
— Mais um ano que passa... — suspirou Gatoso, espreguiçando-se.
— Sobrou um pouco de sardinha, Lanolina?
— Você ainda está com fome? Que gato mais fominha! — reclamou Lanolina da boca pra fora, divertida com o apetite de seu amigo.
— Que barulho infernal! Esse povo humano não sabe mesmo aproveitar as coisas boas... o sossego, o conforto... Ainda bem que desta vez a minha cria nasceu antes deste foguetório — Mel resmungava e reclamava muito, conferindo sua ninhada de quatro gatinhos.
Eram ainda bem pequenos e dependiam apenas do seu leite. Dois deles eram cinzentos como a mamãe, uma era malhada de branco e o outro era um filhote negro como a noite. Negro como seu provável papai, o Cicatriz. E como eu, seu irmão mais velho.
Mais alguns rojões explodiram no céu e um fio colorido se estendeu amarelo, riscando por cima da lua cheia. Uma noite linda!

— E a sua família, como vai, Herói? — perguntou Madona.

— Qual delas? A família humana?

— Claro! A de gatos já vi que vai bem. — Madona olhou para sua filha Samira, amamentando um casal de gatinhos bem pretos, meus filhotes com ela.

— As meninas gostam de mim — respondi. — Principalmente Beatriz. Os adultos cuidam da vida deles. O nenê às vezes incomoda um pouco, quer brincadeira o tempo todo! Tenho de trepar no alto do armário para tirar cochilos sossegados... Mas é bom.

— Esses humanos! — Mel começou a fofocar. — No tempo em que vivi numa casa, teve uma vez que...

Era o jeito dela, o "seu destino" reclamante, como certa vez me dissera Cicatriz. Eu me afastei e cheguei perto da minha cria, dei uma lambida nos filhotes.

Não temia pelo futuro dos dois gatinhos. Eles poderiam ser adotados e provavelmente seriam felizes. Como também poderiam viver entre os gatos do parque — e seriam livres e felizes também, por que não? Havia uma natureza felina que sempre iria prosseguir pelos séculos afora.

Gatos... Metade domésticos, metade livres. O nosso destino.

Devagar, afastei-me da gataria e subi no alto da árvore que era de Cicatriz, quando ele visitava o parque. Tinha saudades dele, mas, pelo que me disseram, andava por outro bairro, atrás de uns armazéns de pescado.

O céu sossegou de vez. Mais longe, umas buzinas de automóveis insistiram um pouco e depois silenciaram também. A noite estava calma de novo. O ano deixava de ser novo, era mais um tempo que se iniciava para os homens — e os bichos — de boa vontade.

Eu, Herói, sentia-me em paz.

TRÊS ANIMAIS

O chamado selvagem, Jack London
Beleza Negra — Autobiografia de um cavalo, Anna Sewell
Herói, o gato, Marcia Kupstas

SUPLEMENTO DE LEITURA

Três animais apresenta três emocionantes narrativas reveladoras das relações entre homens e animais. Em *O chamado selvagem*, Buck, um cão mestiço de são-bernardo e pastor escocês, é traiçoeiramente retirado de seu lar e levado para trabalhar no Ártico, região para onde a febre do ouro atrai inúmeros aventureiros. Além do clima inóspito, o protagonista tem de lidar com a hostilidade dos homens, por quem é maltratado. Com as duras lições aprendidas nesse novo meio, Buck vai entrando em contato com seu lado selvagem, herança de seus ancestrais. Por fim, acaba cedendo a esse chamado primitivo. Em *Beleza Negra*, o protagonista, um cavalo de boa linhagem, também se vê obrigado a deixar seu lar original para seguir uma trajetória na qual se relaciona com diferentes tipos de homens, vivenciando os efeitos tanto da generosidade quanto da estupidez, que o degrada fisicamente ainda "na flor da idade". Porém, o destino lhe reserva, na velhice, a paz e o descanso merecidos. Já Preto, de *Herói, o gato*, é um felino que mora em um parque público, rejeitado para a adoção por humanos em razão da preconceituosa relação entre gatos pretos e azar. Porém, graças à atitude heroica de salvar um bebê, é oferecida a Preto a chance de ter uma família humana e se tornar um amado gato de estimação.

POR DENTRO DOS TEXTOS
Enredos

1 Tanto em *O chamado selvagem* quanto em *Beleza Negra*, as personagens principais, ainda jovens, enfrentam uma grande transformação em suas vidas.

a) Descreva, em linhas gerais, como era a vida de Buck e de Beleza Negra, antes de deixarem as fazendas onde viviam.

b) Explique o que causou a mudança de espaço que dá início às duras trajetórias vividas por Buck e por Beleza Negra.

c) A partir da mudança de espaço, o que muda na vida de Buck e de Beleza Negra?

d) Já maduros, Buck e Beleza Negra encontram um espaço onde podem ser felizes novamente. Qual o desfecho da trajetória de cada uma das personagens?

2 A trajetória de Preto também pode ser seguida em *Herói, o gato*. Complete o quadro, apresentando essa história:

Infância no parque	
Possibilidade de adoção por humanos no "bacião"	
Lições recebidas de Cicatriz	
Mudança trazida pelo acaso	
Escolha de vida	

3 Além de apresentarem a trajetória de vida de três animais, as três narrativas têm em comum também a temática. Indique-a.

_____

Tempos e espaços

4 As histórias de *Três animais* se desenvolvem em épocas e lugares distintos. Complete o quadro, indicando tempo (época) e espaço de cada narrativa:

Narrativa	Tempo	Espaço
O chamado selvagem		
Beleza Negra		
Herói, o gato		

Após assistir aos documentários, estabeleça relações com o seguinte trecho de *O chamado selvagem*:

De uma maneira vaga, parecia lembrar-se da juventude da raça, quando matilhas de lobos caçavam e comiam a presa rasgando-a com os dentes. Em certas noites, quando erguia o focinho e uivava para a Lua, não era ele, Buck, quem o fazia, mas seus ancestrais. (p. 16)

12 Você sabia que existe um documento chamado *Declaração Universal dos Direitos dos Animais*? Acesse o *site*

http://familiapet.uol.com.br/gatos/legislacao/legislacao_direitosdosanimais.htm,

leia a declaração e observe que artigos foram desrespeitados pelas personagens das narrativas de *Três animais*.

13 Releia este trecho de *Herói, o gato*: Gatopretogatopretogatopreto... *De novo ouvir e passar por aquilo, não! Rejeição, medo, azar? O que será que os humanos tinham contra os gatos pretos?* (p. 101)

Você sabe a origem da superstição relacionada aos gatos pretos? Conhece outras superstições que envolvem animais? Faça uma pesquisa a respeito disso e compartilhe os resultados com seus colegas.

14 Organize um debate com os colegas de classe, a partir do seguinte trecho de *Beleza Negra*:

— Sabe por que esse mundo é tão mal? Porque as pessoas só pensam nos seus próprios negócios e não se preocupam em defender os oprimidos nem esclarecer os que erram. [...] Minha doutrina é a seguinte: se nada fazemos para impedir a crueldade e o erro, também nos tornamos culpados ou responsáveis. (p. 71)

te, de seus *habitats* para viverem em ambiente doméstico. Porém, ao longo do tempo, os donos percebem que não é tão fácil assim cuidar deles e os abandonam na rua, em parques ou em outros lugares. A maior parte desses animais acaba ficando muito doente e até morrendo.

a) Pesquise a respeito desse problema em jornais, revistas e *sites* e discuta com seus colegas as causas e consequências do abandono de animais. Ao longo do debate, registre as ideias fundamentais levantadas e a conclusão a que chegaram.

b) Utilize os registros para elaborar uma "carta aberta" à população, pedindo que as pessoas não abandonem seus animais de estimação e que não comprem animais silvestres para domesticá-los. Utilize argumentos convincentes e lembre-se de planejar seu texto antes de escrevê-lo.

c) Agora, com seus colegas, elabore um manual sobre como cuidar de um animal de estimação. Antes de escrever o texto, faça uma pesquisa sobre o assunto. Suas fontes podem ser entrevistas com veterinários ou outras pessoas experientes em cuidados com animais. Há também revistas e *sites* especializados em *pets* ou animais de estimação. Observe também alguns manuais para servir de modelo.

ATIVIDADES COMPLEMENTARES
(Sugestões para Ciências e Ética)

11 Se possível, assista aos seguintes documentários da Discovery Channel (disponíveis em DVD):

• *Conhecendo os animais 1*: Além de apresentar o dragão-de-comodo, macacos e a baleia Orca, esse documentário interessa principalmente pelo trecho em que é observado o instinto de caça dos cães domésticos, estabelecendo relações com lobos e coiotes.

• *Cães, os melhores amigos do homem*: Entre outros aspectos de interesse, apresenta um histórico da relação entre homens e cachorros, investigando a capacidade de adaptação desses animais, e a evolução da espécie e seu comportamento social, do lobo cinzento aos cães selvagens.

Personagens

5 Além de Buck e Beleza Negra, outras personagens tiveram trágicas experiências em suas relações com os humanos. A gata Mel, por exemplo, de *Herói, o gato*, foi abandonada pelos humanos, o que marcou sua visão sobre eles. Assim como Mel, Cicatriz (da mesma história) e Ginger (de *Beleza Negra*) têm suas experiências com humanos registradas nas narrativas de *Três animais*.

Releia a história de Ginger (*Beleza Negra*, capítulo 3 da Primeira parte) e a história de Cicatriz (*Herói, o gato*, capítulo 8) e escreva um comentário acerca das experiências com humanos vividas por essas personagens.

---

6 Releia o seguinte trecho de *Beleza Negra*, em que Duquesa ensina seu filho sobre os humanos:

— *Pretinho, saiba que há muitas espécies de homens. Há aqueles bons e sensatos como o sr. Grey, que deixam qualquer cavalo orgulhoso de servi-lo. Mas há homens cruéis, que jamais deveriam possuir animais. Além dos descuidados e preguiçosos, que cometem o mal porque não se dão ao trabalho de pensar. Às vezes, creio que são esses os que mais nos prejudicam...* (p. 40)

a) Você concorda com a visão de Duquesa sobre a existência de tipos diferentes de homens? Por quê?

---

b) Com base na visão de Duquesa, complete o quadro a seguir, distribuindo as personagens indicadas em dois grupos, de acordo com a relação que estabelecem com os animais. Justifique sua resposta.

- *O chamado selvagem*: Manuel; Druther; Hal, Charles e Mercedes; John Thornton.

- *Beleza Negra*: John Manly; Joe; Reuben Smith; Jerry; Nicholas Skinner.

- *Herói, o gato*: donos de Mel, Robéria e Alzira, os Teixeiras; Velho.

GRUPO I	GRUPO II
"Há aqueles bons e sensatos (...)."	"Mas há homens cruéis (...) Além dos descuidados e preguiçosos (...)."

7 As três narrativas apresentam atitudes heroicas de seus protagonistas. Indique uma atitude heroica de cada uma das personagens principais:

Buck	
BelezaNegra	
Pretinho	

Focos narrativos

8 A narração de O *chamado selvagem* é feita em 3ª pessoa. Quem narra as demais histórias?

_____

_____

9 As três narrativas, independentemente do tipo de narrador, apresentam as experiências vividas pelos animais protagonistas, sob o ponto de vista deles. Que efeitos esse ponto de vista traz para as narrativas? O ser humano é visto de uma forma neutra ou mais crítica? Justifique sua resposta.

_____

_____

_____

_____

PRODUÇÃO DE TEXTOS

10 Releia o seguinte trecho de *Herói, o gato*, em que Mel resume a atitude de alguns seres humanos:

— *Eles pegam você quando é filhotinho, dão comida, dão carinho, colocam um nome e depois... sem mais essa nem aquela você atrapalha. Você cresceu. Você suja a casa, vai ter filhotes! [...] E você já era. Vai para a rua.* (p. 82)

O problema do abandono de animais de estimação tem se tornado cada vez mais sério. Não apenas gatos e cachorros são abandonados por seus donos, mas também alguns animais silvestres, tais como papagaios, araras, pequenos macacos ou mesmo iguanas, que são retirados, ilegalmen-